細音啓

Illustration neco

Vol. 3

Phy Sew lu, ele tis Es feo r-delis uc l.

The Road of Gods

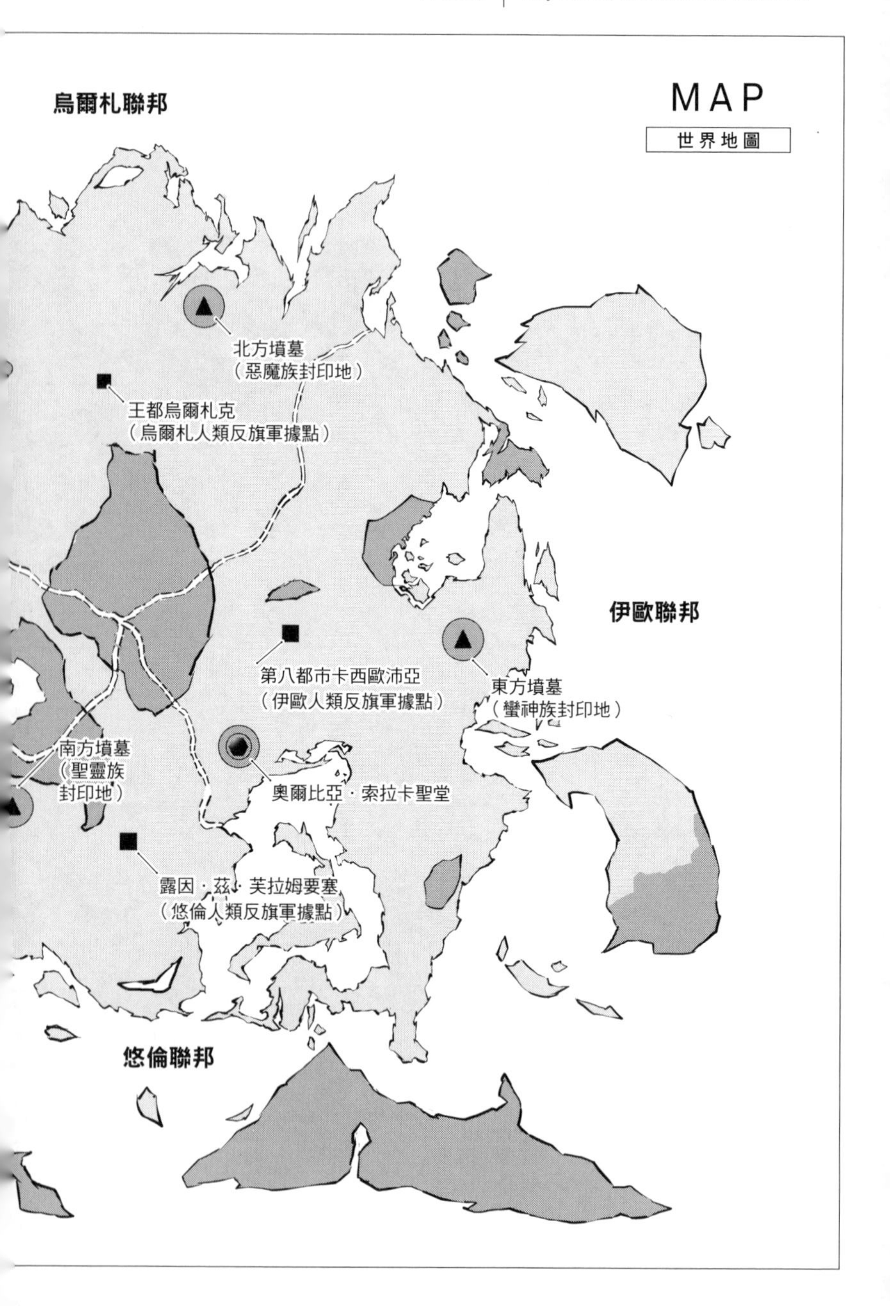
MAP
世界地圖
烏爾札聯邦
北方墳墓
（惡魔族封印地）
王都烏爾札克
（烏爾札人類反旗軍據點）
伊歐聯邦
第八都市卡西歐沛亞
（伊歐人類反旗軍據點）
東方墳墓
（蠻神族封印地）
南方墳墓
（聖靈族
封印地）
奧爾比亞・索拉卡聖堂
露因・茲・芙拉姆要塞
（悠倫人類反旗軍據點）
悠倫聯邦

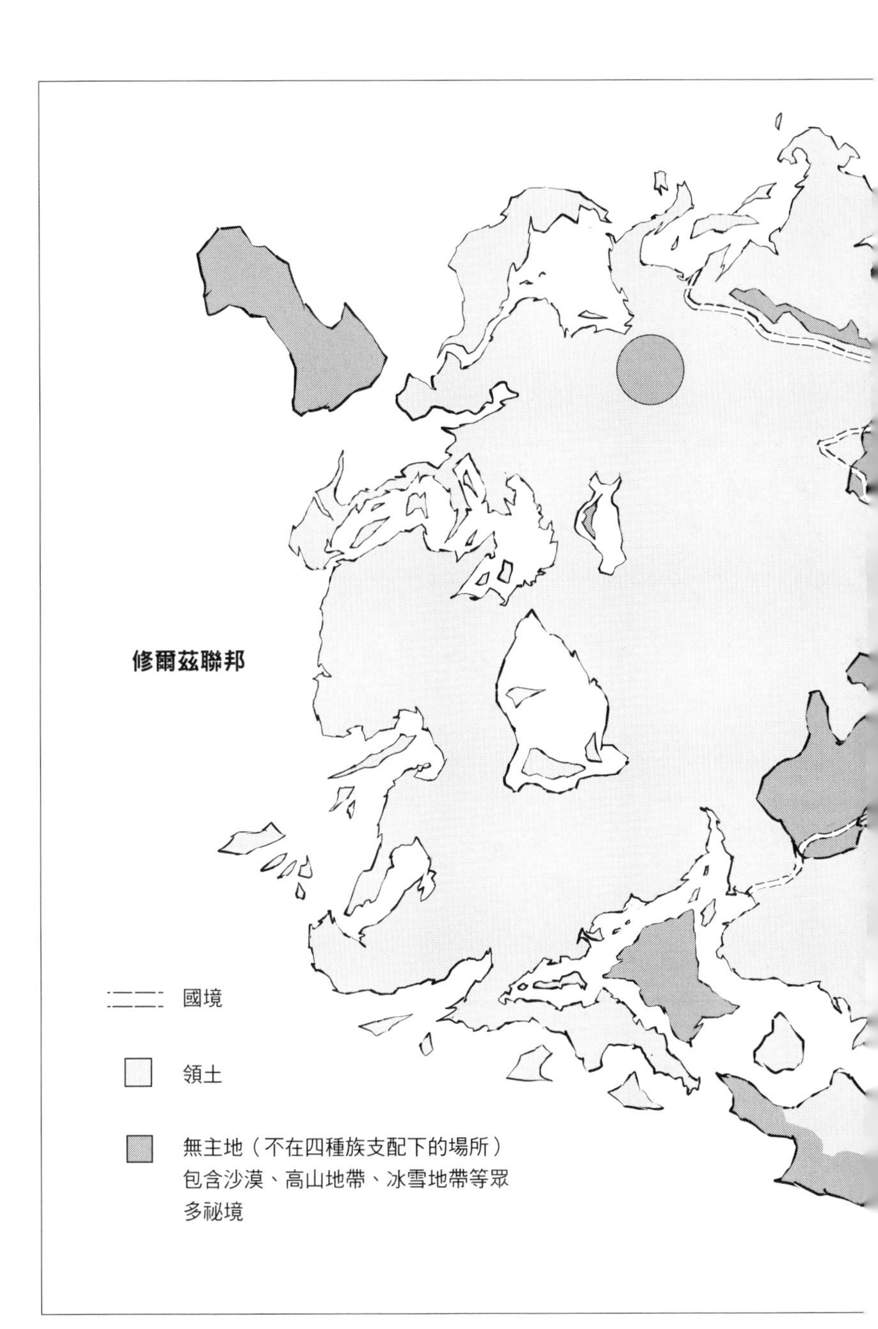
修爾茲聯邦
國境
領土
無主地（不在四種族支配下的場所）
包含沙漠、高山地帶、冰雪地帶等眾
多祕境

Characters

登場人物

Kai

凱伊

唯一知曉「正史」世界，遭世界遺忘的少年。繼承了英雄希德的劍與武技。

Rinne

鈴娜

天魔少女。原沉眠於不應存在於「別史」世界的「惡魔墳墓」之中。

Jeanne

貞德

在「正史」世界裡是凱伊的青梅竹馬；而在「別史」世界裡則是有靈光騎士之稱，威望過人的男裝麗人。

Story

故事

人類在五種族大戰中獲勝的世界，突然在少年凱伊面前遭到「覆寫」。凱伊在人類敗給其他種族的世界，成了被所有人遺忘的存在，遇見命定的少女鈴娜，繼承英雄希德的劍與武技，和靈光騎士貞德等人共同擊敗惡魔英雄「冥帝」凡妮沙，趁著這股氣勢踏上解放人類的旅途。凱伊等人來到伊歐聯邦，在精靈巫女蕾蓮一行人的幫助下，打倒性格驟變的蠻神族英雄「主天」艾弗雷亞。然而，凡妮沙及艾弗雷亞所說的話互相矛盾，令凱伊對這個世界產生巨大疑問。

1

莊嚴的古代樹。

這棵樹在數百年的歲月中，像要衝破天際般持續生長。樹枝長出無數分枝，樹葉青翠繁茂，散發濃郁的自然芳香。

精靈森林——

樹齡高達數百年的古代樹林立的景觀，具有僅僅舉目環視，便會被奪去心神的魄力。

「之前都沒那個心思注意，現在靜下心來一看，這座森林還真壯觀……」

凱伊坐到樹根上。

他將黑色槍刀「亞龍爪」夾在腋下，瞇眼看著從枝葉間灑落的陽光。

凱伊·沙克拉·班特。

有著深藍色頭髮，以及同色系眼眸的十七歲少年。

身穿人類庇護廳的戰鬥服——大量生產的對其他種族用軍服，由於每日持續的鍛鍊，底下是強而有力的身軀。

「不愧是伊歐聯邦的祕境……」

凱伊身在的樹海，是人稱蠻神族的種族的領土。

由精靈、矮人、妖精、天使構成的混合種族。

智慧高於人類，擁有比人類兵器更加強大的法具。通稱「人類的高階版」。在這片土地，人類被蠻神族支配了一百年以上。

不過現在——

蠻神族並沒有要攻擊踏進這片森林的人類（凱伊）的跡象。

森林各個角落都聽得見鳥聲啁啾，也不見凶猛野獸。安詳的休息處。這裡就是如此寂靜。

「凱伊，你在這種地方休息呀？」

樹叢另一側。

穿著輕盔甲的銀髮少女，從後面的獸徑探出頭。

貞德——

工整凜然的五官給人深刻的印象。留長的銀髮在後面紮成短短一束，再加上纖細修長的身材，散發出一股中性氣質。她跟凱伊一樣年僅十七歲，卻已經是一支軍隊——人類反旗軍

的司令官。

「你不是說要去找蕾蓮嗎？大家都在為接下來的遠征忙得焦頭爛額，怎麼可以在這種沒人的地方摸魚？」

「我在等去找蕾蓮的鈴娜回來。」

才不是在摸魚。

凱伊這麼告訴貞德，從樹根上跳下來。

「鈴娜呢？她會不會迷路？」

「別擔心。不管我在哪裡，鈴娜都會馬上——」

「馬上？」

「……她會回來的。因為她很習慣在森林裡探險。」

馬上靠嗅覺找出凱伊的位置。

——要是他據實以報，貞德不曉得會露出什麼樣的表情。

剛才他提到的少女鈴娜並非人類，而是體內混有人類之敵——其他種族血液的混沌種。

可是，知情的人類只有凱伊一個。

「貞德妳才是，妳不是在精靈鄉開會嗎？」

「對啊。那些天使也會參加……精靈的大長老等得不耐煩，在問『我們的巫女(蕾蓮)跑哪去了』。」

「那我去帶她回來吧。我記得鈴娜往哪個方向走。」

凱伊指向森林深處的樹叢。

「妳要不要先回去？」

「不，我跟你一起去。跟蠻神族開會時一直坐著，害我身體僵硬。我想散散步。」

兩人在獸徑上邁步而出，踩著腳下的枯草前進。

「我剛才聽精靈提到那件事，嚇了一跳。」

哪件事？

凱伊還沒開口詢問，貞德就嘆著氣說：

「聽說蠻神族商量重要事件時，會一個月左右不吃不喝，一直開會。不眠不休，一滴水也不喝喔。」

「太誇張了。」

「嗯。我聽了整個人不寒而慄。人類（我們）竟然在跟能隨口說出這種話的種族戰鬥。」

女司令官的嘴唇，勾起自嘲的冷笑。

「難怪至今人類完全對付不了他們。根本上的生命力就有差距了。壽命也是人類的近十倍。說實話，我不禁鬆了口氣，虧我們有辦法撐到跟他們停戰。」

「……是啊。」

點頭附和的同時，凱伊腦中浮現與某位惡魔的對話。

那是發生在遙遠北方，凱伊從支配廣大烏爾札聯邦的惡魔族手中奪回王都後不久的事。

那位夢魔姬突如其來地現身。

『可別得寸進尺了。雖說你們是仰賴一連串的奇蹟才得以打倒冥帝，但要是我們三個留在王都的話，你們就絕無勝算。』

夢魔姬海茵瑪莉露——

惡魔族的第二把交椅。其氣勢足以與冥帝匹敵。

經過一番激戰，凱伊成功擊敗了冥帝，如此一來，人類與惡魔的情勢就會逆轉。才剛這麼期待——

他就深刻體會到自己大錯特錯。

「可以確定的是，我們運氣很好。看來那幾場戰鬥真的贏得很驚險。」

「……是啊。之前真的太順利了。」

貞德面色凝重。

「北部（烏爾札）那邊，多虧有你打倒了冥帝，終究是奪回了王都。可是烏爾札聯邦的領土仍然屬於惡魔。至於東部（伊歐）……等於是主天失控的關係，讓蠻神族對人類妥協。雙方的勢力依舊強大。」

惡魔族也好，蠻神族也罷。

同樣少了代表該種族的英雄，卻照樣能維持種族整體的力量。

……與惡魔族締結了期限未定、互不干涉的口頭約定。

……與蠻神族締結了以一年為限的休戰協定。

兩者皆有利有弊。

跟惡魔族互不干涉的約定或許可以持續好幾十年，卻無法判斷對方何時會毀約。

跟蠻神族締結了期限明確的休戰協定，卻只有短短一年。

「先繃緊神經吧。我的部下們也因為到目前為止，一切都進行得太過順利，處於亢奮狀態。自信過剩會招致失敗的。」

「這部分就交給貞德了。呃，我記得是走這條路。」

兩人追向遲遲沒回來的鈴娜。

鈴娜雖然是往森林深處前進，卻說她不會跑太遠。

「鈴娜。喂，鈴娜，妳在哪裡？」

凱伊跳過高達膝蓋的巨大樹根，走在獸徑上。

古代樹森林。

精靈已經在這裡生活了兩百年以上。

矮人住進有妖精生活的森林，精靈於此定居則是在那之後的事。森林裡的某處有一湧泉，清澈的地下水不停從底下湧出——

「…………」

水花四濺。

一位精靈一絲不掛，仰躺著浮在清澈見底的水面上。

她的體型接近人類中身材嬌小的少女。

陽光自頭上的枝葉間灑落，刺得她閉起眼睛。鮮豔的藍紫色長髮於水面散開，晶瑩剔透的白瓷色肌膚無比艷麗。

然而。

「啊——————真是！豈有此理！」

精靈少女以令這般夢幻美景毀於一旦的氣勢忽然起身，怒吼聲響徹森林。

「老身可是精靈的巫女！在這座森林主持了一百年以上的祭神儀式，被同胞尊稱為『巫女大人』，為何非得陪同人類遠征！」

水花四濺。

精靈不停用雙手拍打水面，怒不可遏。

「……呼，呼……唔……不、不行。老身怎能如此失態……本是來此地沐浴，穩定心神的，如今卻亂了方寸，成何體統。」

身體泡在冰涼的泉水中，反而讓大腦清醒過來，記憶清楚地浮現腦海。

完全是反效果。

「冷靜……冷靜點……這本來就是咱們蠻神族捅出的漏子。源於主天艾弗雷亞閣下的異變……」

事件的起因發生在數星期前。

對長壽種精靈來說，跟昨天沒什麼兩樣。記憶十分鮮明。

『我以外的一切——首先就從骯髒伏地的蠻神族開始焚燒殆盡。』

有人會相信，這句話是出自蠻神族的英雄口中？

當時的主天艾弗雷亞，顯然失去了理智。

不曉得是遭到洗腦，還是精神錯亂。蕾蓮不清楚艾弗雷亞淪落至此的事情經過，卻猜得到罪魁禍首。

「…………」

柔順的藍紫色長髮，在清澈的水中擴散開來。

她將手放到沒什麼起伏的胸前。

精靈巫女蕾蓮，在森林深處咬緊牙關。

「……忍著。老身與敵對種族(人類)同行，全是為了幫主天閣下報仇。老身不是決定要讓那可恨的獸人明白自己犯下的罪過之重嗎？」

主天艾弗雷亞的異變，是遭人設計的。

幻獸族英雄「牙皇」拉蘇耶是幕後主使的可能性極高。親眼確認這一點，便是蕾蓮被賦予的使命。

「沒錯。這是關乎蠻神族尊嚴的任務。與人類同行也能視為獲選精靈代表的名譽……這麼一想——」

「欸欸欸？」

「哇啊啊啊！來、來者何人！」

蕾蓮發出尖銳的慘叫聲，轉過身。

被水弄溼的冰冷雙手從背後伸出來，碰觸她的臉頰。冰涼的觸感加上突如其來的呼喚。她不可能不驚訝。

「……唔，是汝啊。叫鈴娜的小丫頭。」

「嗯。」

她什麼時候來的？

胸部以下都浸在水裡的金髮少女站在蕾蓮面前。她將衣服擱在泉邊，似乎也是游到這裡的。

「這邊的水好舒服喔。是湧泉嗎？雖然有點冰，不過很乾淨。裡面還有小魚在游泳。」

「是、是啊。因為地下水流經地底深處時經過過濾。水量又豐富，也能供森林裡的生物飲水——呃，不對不對！」

蕾蓮迅速抬起手，指向面前的鈴娜。

「汝、汝為何在這裡！」

「來找妳的。凱伊在找妳。」

「……唔。凱伊（那小子）嗎？」

這麼說來，之前好像提過要在蠻神族跟人類共同召開的休戰會議上制定細部規則。她沉浸在沐浴中，忘記時間了。

「好，老身也去。喏，汝也快點上去吧。」

「我可以在這邊游泳嗎？」

「不行。」

蕾蓮斬釘截鐵地說。

「這裡是專屬於精靈的沐浴場。不能讓其他種族進來。」

「呣——！」

鈴娜鼓起臉頰。

「我討厭這種說法。我不喜歡你們把種族掛在嘴邊。」

「種族就是種族。沒辦……」

蕾蓮話只講到一半。

近距離看見鈴娜那不輸給自己的水嫩白皙肌膚，令她產生遲疑。

精靈的肌膚。

平常被藏起來的天魔之翼顯現於背上。根部是黑鴉羽翼般的烏黑色，隨著翅膀向前延伸，逐漸變成純白的羽毛。

——翅膀根部是惡魔，前端是天使。

儘管她早就聽說過，這還是她第一次親眼看見鈴娜的翅膀。

「……喂，鈴娜小丫頭。」

「幹麼？」

「忍耐一下。」

她提心吊膽地伸出手。翅膀的觸感酷似天使之翼。不只相似。根本是天使的翅膀。

「啊、啊哈哈，好癢喔！」

「呣……顏色及觸感，都跟天使如出一轍。」

天使與精靈同為蠻神族。

既然如此，擁有精靈肌膚與天使之翼的她（鈴娜），是否也能稱之為蠻神族？

不。

這名少女散發出的複數氣味，蕾蓮當然也發現了。惡魔族、聖靈族、幻獸族。除此之外還有其他種族。

混雜眾多種族，身分不明的少女——

「汝……」

她摸著那對翅膀，凝視眼前的少女。

「機會難得。從實招來，汝是什麼人，為何要跟著凱伊？」

「不知道。」

「什麼？」

「我也不知道我是誰。凱伊問我要不要跟他走，我就跟著他了。」

金髮少女如此回答，表情神清氣爽。

本以為面對這個問題，她會生氣或不知所措，出乎蕾蓮意料的是，鈴娜反而驕傲地把手放在胸前。

「因為凱伊說我可以待在他身邊。不管是誰對我說什麼，我都不會介意。」

「…………」

「所以就算我在泉裡游泳也沒關係吧。這是我的自由！」

「話題扯太遠了吧！」

鈴娜優雅地準備開始游泳，蕾蓮伸手抓住她的頭髮。

「好痛！做、做什麼啊，只不過是個精靈！」

「老身說過了，這裡是精靈的沐浴場。不能給其他種族使用！」

「有什麼關係？我也流著精靈的血液呀。」

鈴娜手放在豐滿的胸部上，開口反駁。的確，她的肌膚白皙如雪，無疑混有精靈的血統。

不過。

「哦？那這又是什麼！這長滿贅肉的胸部及臀部！精靈的肉體不可能如此淫蕩！」

蕾蓮一把掐住鈴娜的左胸。柔軟到指尖會陷入其中，帶有紮實的重量感。

「哇？妳、妳幹嘛！」

「瞧。汝的胸部可不像精靈。咱們精靈的肉體不分男女都拘謹內斂，以此為美德。」

精靈的肉體男女皆纖細苗條，外表幾乎沒有差別。

即使是雄性，也很難練出發達的肌肉；即使是雌性，也不會像人類女性那樣擁有肉感的胸部或腰部。

就蕾蓮看來，鈴娜的肉體「太過成熟」。

混沌種——這個特徵推測是人類女性，或是惡魔族夢魔因子的體現。

「多麼淫蕩啊。」

「我、我才不淫蕩！區區精靈，妳只不過是『沒有』那東西而已吧！」

「什麼！」

自稱拘謹內斂——幾乎沒有起伏的胸部被鈴娜這麼一說，這次換蕾蓮不知所措了。

「說什麼呢！別看老身這樣，老身對自己的身體頗有信心。將多餘之處盡數除去的這具身軀，可謂完美！」

「平胸！」

「平胸有什麼錯！」

蕾蓮使勁抬起雙手，用泉水潑鈴娜的臉。

「啊，妳這個平胸精靈竟然敢潑我！」

「還在講這種話！可惡的混血丫頭，是汝的身體太猥褻了！」

兩人泡在泉裡互瞪。

這時，兩名少女同時聽見從樹叢後面傳出的微弱窸窣聲。

「喂，鈴娜？蕾蓮，妳在那裡嗎？」

喀吵。

撥開樹葉走出來的，是深藍色頭髮的少年。

「噢，什麼嘛，妳們都在這種地——……」

前來尋找兩位少女的少年凱伊從樹叢中探出頭，一看見她們，笑容就瞬間僵住，還維持著放鬆的表情。

他看了看放在岸邊的兩人的衣服，又看了看正在沐浴的少女們。

「……啊。抱、抱歉！這是誤會——」

「凱伊，你那邊如何？有找到她們嗎？」

接著，連銀髮少女貞德都跟在凱伊後頭出現。

鈴娜及蕾蓮的裸體暴露於陽光下。凱伊則站在兩位少女附近。她親眼目睹這個畫面。

「凱伊……」

貞德平穩的表情瞬間一變，對凱伊投以懷疑的目光。

「你竟然在偷看她們洗澡。莫非說要找人其實是藉口？」

「這誤會可大了！」

精靈森林的深處。

迴盪著蒙受不白之冤的少年(凱伊)的吶喊聲。

2

某一天，世界遭到「覆寫」。

將所有歷史覆蓋過去的「世界輪迴」，當著少年（凱伊）的面發動——

凱伊還記得。在自己曾經待過的正史世界中，一百年前，五種族為了爭奪世界霸權展開死鬥。

五種族大戰。

在那場戰鬥中獲勝的，是由「先知」希德率領的人類。希德擊敗四個敵對種族，將其封印在世界邊境。

然而——

那段歷史忽然消滅。

成了跟正史完全相反的結果。被替換成「人類在五種族大戰中落敗」的別史。

——以英雄「冥帝」凡妮沙為頂點，能操控強大法力的惡魔族。

——以英雄「主天」艾弗雷亞為頂點，由天使、精靈組成的蠻神族。

——以英雄「靈元首」六元鏡光為頂點，屬於幽靈等極為特殊存在的聖靈族。

——以英雄「牙皇」拉蘇耶為頂點，由凶猛巨獸組成的幻獸族。

昂首闊步於地面的四種族。

人類逃過這四個種族的監視，躲到世界邊境、廢墟大樓或地下，苟延殘喘。那就是遭到「覆寫」的世界現狀。

……只有我跟鈴娜記得正史。

……剩下的人沒一個記得正史的。

凱伊自己也是。

在被替換掉的這個世界，凱伊和英雄（希德）一樣不存在。雙親和親戚在哪裡也不知道。過去的同事及上司也都不記得他。

面對這堪稱絕望的狀況——

「老身不介意喔。被人類（凱伊）看見裸體，沒什麼大不了。」

「我也無所謂。對象是凱伊的話，看哪裡都行。」

「嗯。老身不是把凱伊當特例，而是因為咱們種族不同。人類被貓狗看見裸體，也不會放在心上吧？」

兩人毫不顧慮凱伊的煩惱。

蕾蓮和鈴娜悠哉的談話內容，從身後不遠處的樹蔭下傳來。

「貞德真神經質啊。」

「……別說那麼多了，快把衣服穿上。問題在於外觀。精靈跟人類的體型很像。」

凱伊面向後方，以免看見兩人更衣。

貞德在一旁盯著凱伊，注意他有沒有回頭。

「還有蕾蓮，換好衣服後借我一些時間，我有話跟妳說。至於是什麼話，不用我講妳也知道吧？」

「是遠征一事吧。這還用說。老身就是為了做好覺悟，才在此地淨身。」

蕾蓮換好衣服，身上穿著七層薄衣交疊的七件式和服。

那正是精靈的法具。一旦發揮力量，鮮豔的七件衣服就會各自展開強大的守護結界。

「老身會以蠻神族代表的身分與汝等同行。討伐西方聯邦的幻獸族，好為主天閣下報仇。沒錯吧？」

「嗯。不過——」

烏爾札人類反旗軍的女指揮官，回望抬頭看著自己的精靈，語氣嚴肅地回答：

「我們要去的不是西方，而是南方。目的地是南方的悠倫聯邦。那裡好像是聖靈族的領土。」

「什麼！」

跟之前說的不一樣。

精靈巫女抗議前，凱伊接在貞德後面說明。

「所以我才來找妳。精靈大長老已經同意了。」

「老身可沒聽說。」

「我們在某人專心洗澡的時候跟大長老談過，並且徵得她的許可。」

「……唔。這……這個嘛。」

「理由我邊走邊跟妳說。趕快回去吧。」

凱伊默默對換好衣服的鈴娜使了個眼色。

然後指向通往精靈鄉的獸徑，在幽深的古代樹森林中邁步而出。

══

伊歐聯邦——

位於世界大陸東部的大國，如今處在蠻神族的支配下。

戰敗的人類將廢墟改造成人類特區，隱居於此，勉強維持生活。人類反旗軍的傭兵會分頭巡視共有十八區的人類特區，保護民眾不受到蠻神族的侵略。

而人類反旗軍的總部，就位於這座第八都市卡西歐沛亞。

在曾經是大型工廠遺跡的廢墟一隅——

「貞德閣下要離開此地了嗎……」

提供給指揮官使用的辦公室。

用薄薄一層布簾遮住陽光的房間內，有三名男女。開口的是站在房間中心的老傭兵。

傑夫本參謀。擔任伊歐人類反旗軍指揮官左右手的男人。

「真快啊？」

「這是貞德大人自己做的決定。我們烏爾札人類反旗軍的士氣達到了最高峰。貞德大人認為必須趁這個機會發起遠征。」

與初老男子相對而立的，是烏爾札人類反旗軍的女幹部——花琳。

身為貞德的護衛，她通常會隨侍在貞德身邊，如今她卻離開主人，前來此處報告。

「有道理。各位在烏爾札聯邦打倒了冥帝，擊退惡魔族，又在此地與蠻神族簽下休戰協定。貞德閣下是不希望這股氣勢被削弱？」

「正是如此。只不過——」

指揮官護衛——花琳。

人稱烏爾札聯邦最強戰士的女傭兵，用低沉沙啞的聲音說道：

「貞德大人在擔心。至今以來，一切都進行得太過順利。」

「……」

「雖說失去了冥帝，惡魔的整體勢力依然強大。與蠻神族休戰也僅僅是對方提出的要

求，並非人類獲得了勝利。」

「那是——」

「真是一點都不可愛的標準答案。」

老兵身後。

站在窗邊背對兩人的微胖男性，緩緩轉頭面向花琳。

「在烏爾札聯邦奪回王都。在這座聯邦跟蠻神族締結休戰協定。立下如此輝煌的功績，還不打算放鬆下來嗎？」

「是的。我也認為之前進行得太過順利。若是想和剩下兩種族宣戰，現在就必須重新繃緊神經。」

「耍什麼小聰明。」

但丁指揮官一副興致缺缺的態度，嗤之以鼻。

自稱皇帝的這名男子，自尊心是公認的高。他胸懷野心，想成為引導人類脫離絕境的英雄，卻被蠻神族反將一軍，不久前才嘗過一時之間淪為俘虜的屈辱滋味。

而將他拯救出來的，正是靈光騎士貞德。

被視為勁敵的人救了一命，導致但丁雖然感謝她，卻不想老實承認她的功績……他的心境應該是這樣吧。

「聽說那傢伙（貞德）要去南方的悠倫。」

「是的。」

「聖靈族相當棘手。到現在還沒人搞得清楚那噁心種族的生態。對策也是。而且連語言都不通。」

意即——

無法休戰。沒有可以像惡魔族那樣判斷要暫時撤退，以及像蠻神族那樣締結協定的智慧。稱得上某種戰鬥狂。

「你們要怎麼驅逐聖靈族（那群怪物）？」

「我認識南方悠倫人類反旗軍的指揮官。」

花琳如此回答。

「獅子王巴爾蒙克嗎？」

擔任參謀的老兵挑起眉毛，陷入沉默。

「是的。以前受過他的照顧。希望他還記得我。」

花琳露出淡淡的苦笑。

這名經常板著臉的女戰士露出笑容，可謂極其罕見。

「我並不懷疑他是一名偉大的指揮官。」

「跟我不一樣？」

但丁再度用參雜傻眼的語氣嘆著氣說道。

「我跟那傢伙（貞德）沒能攜手合作指揮。為了避免重蹈覆轍，接下來便選擇有值得信賴的指揮官所在的聯邦。是這個意思嗎？」

「沒有的事。」

「多說無益。你們特地選擇悠倫聯邦的理由，只可能是這一個。這次一定要組成人類反旗軍的聯合軍，藉此對抗聖靈族（那群怪物）。」

「…………」

「那傢伙（貞德）讓惡魔族和蠻神族栽了個跟頭是事實。不過，剩下兩種族照理說也該對人類提高戒心了，從今以後奇襲不會再管用。然而與敵人正面衝突的總力戰對人類不利。除非人類反旗軍互相幫助，否則絕無勝算。」

因此要前往優秀指揮官所在的南方聯邦。

那就是貞德的提案。

「我有說錯嗎？」

「……真可惜。」

花琳苦笑著說。

這個舉動，單純只是在對皇帝（但丁）的慧眼表示佩服。

「但丁指揮官，我明白這個問題很失禮，不過可否請教您一個問題？」

「說來聽聽。」

「您確實擁有看清局勢的才能。若您捨棄渺小的自尊心與嫉妒心，認真當個指揮官，您或許真的已經當上率領人類的角色。」

或者不是指揮官，而是轉任參謀的話，這名男子無疑會成為名留青史的傭兵。

「現在還來得及。請務必發揮您的才華吧。」

「……哼。」

微胖的指揮官轉過身去。

「告訴那傢伙（貞德）。要是她居於引導人類的主角之位，還盡要那些無聊的把戲害客人不耐煩，我隨時準備把她拽下來，站到舞臺上。」

「遵命。」

「我要說的就這樣。給你們一些食材和彈藥當餞別禮吧。」

貞德的護衛向加快語速的皇帝行了一禮。

接著對面前的老兵輕輕點頭，轉身離去。

兩天後。

貞德率領的烏爾札人類反旗軍，以南方大地為目標踏上旅程。

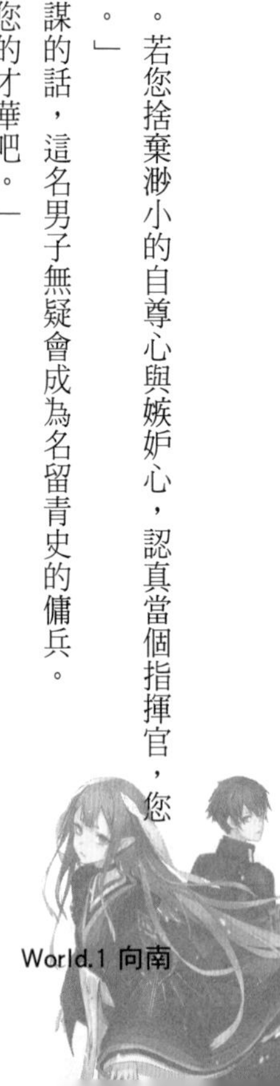

World.2

Chapter:

精靈森林，眾神的神廟

Phy Sew lu, ele tis Es feo r-delis uc l.

1

綠色迷宮「樹魯・米里樹海」——

草木雜亂叢生的大自然迷宮。鬱鬱蒼蒼的樹葉覆蓋在頭上，光源就只有從枝葉之間透出的微光。

地面是泥濘的腐葉土。

風拂過樹葉，發出悅耳的窸窣聲。數百年來，這塊大地想必都沒有改變，充滿清澈的空氣與靜寂。

如今——

「凱伊，汝不能安靜點駕駛嗎？這個叫車子的東西太吵，老身受不了。糟蹋了這座安靜的森林。」

「我很努力了。」

蕾蓮坐在旁邊副駕駛座上，不曉得是第幾次開口抱怨。

「這是靜音車輪，已經算安靜了。不過我也說明過好幾次，還有將近三十輛車跟在我們後面。」

「……真是的。」

「是說這條路好窄喔。」

「嗯。不會再更窄了，這個叫車子的玩意兒應該也能通過。」

精靈巫女指向擋風玻璃的另一側。

經由蕾蓮的帶領，貞德率領的烏爾札人類反旗軍，正在穿越沒有地圖可以參閱的樹海。

——世上最大的樹海。

共有二十八輛軍用車，在足以填滿視線範圍的大樹下前進。

凱伊開的車在最前面。

他聽從坐在副駕駛座的蕾蓮指示打方向盤，其他車輛則配合他跟在後頭。

「凱伊，在那邊右轉。」

這時。

蕾蓮忽然指向右方。

「那邊是哪邊？」

「剛才經過的那邊。」

「可不可以提早五秒講！」

凱伊用盡全速緊急掉頭。

開進古代樹的樹根縱橫交錯的道路。地面因為樹根的關係凹凸不平，還看不清前方，道路本身跟高速公路一樣寬，可以說是唯一的救贖。

「這條路好像挺寬敞的……」

「因為這是歐克拉丘丘普林會走的道路。瞧，那邊的樹不是被刮掉樹皮了？那就是歐克拉丘丘普林通過的痕跡。」

「歐克拉……？」

「一種大刺蝟。縮起來時直徑約有十公尺長。」

蕾蓮輕描淡寫地說。

「牠很少出現，不過要是牠撞過來，車子（這種東西）只能乖乖被刺穿吧。」

「停————！」

「喂，給我等一下！」

從後座的左右兩側，傳來人類反旗軍的傭兵莎琪與阿修蘭的慘叫聲。剛才還顯得無所事事的兩人，急忙伸長脖子。

「等等等等，蕾蓮小妹！妳不是對精靈森林瞭若指掌的研究家嗎？要是那種怪物出現了該怎麼辦！」

「對呀，走這條路真的沒問題嗎！」

「無須擔憂。」

精靈巫女信心十足地抱著胳膊。

「這座森林等同於老身的後院。放心交給老身。」

地質學家蕾蓮。

她現在在七件式和服外面套上一件白袍，用頭髮遮住長耳，和一行人共同行動。

得到伊歐人類反旗軍麾下研究家的幫助——貞德已經跟莎琪、阿修蘭這樣的傭兵說明過。

「唔——……」

坐在後座的鈴娜一臉不悅。

「我無法接受。為什麼精靈——不對，為什麼蕾蓮坐在凱伊旁邊，跟他聊得那麼開心啊。」

「因為老身要負責帶路。人類不可能有這座樹海的地圖吧。」

蕾蓮瞄了背後一眼。

「哎，意即老身比汝更派得上用場。」

「哪有——！妳這個……平胸精靈！」

「平胸有什麼錯！」

「拜託妳們冷靜點。」

「精靈」一詞從鈴娜口中冒出來時，凱伊嚇得膽顫心驚，幸好莎琪和阿修蘭看起來並未放在心上。八成是在穿越人類未開墾的森林途中，沒那個心思顧慮這點小事。

「欸，凱伊。連你也沒有這邊的地圖嗎？」

莎琪把槍夾在腋下。

「人家還以為你經歷過那個叫正史的世界，什麼都知道。」

「我沒那麼博學多聞。而且……」

不，還是別說了。

不曉得坐在旁邊的精靈聽見，會受到多大的震撼。思及此，凱伊將喉間的話語吞了回去。

——正史世界中，榭魯．米里樹海並不存在。

五種族大戰的戰火，燒燬了絕大部分的森林。再加上管理樹海的蠻神族消失，導致生態系崩壞。

在正史世界中，這裡已經沒有森林。

……人類在五種族大戰中贏得勝利，方為正史。

……然而並不是只有好事。這片樹海就是個好例子。

這個世界還留有森林，令凱伊心情十分複雜。

因為對生活在世界最大樹海中的數十萬種生物而言，比起人類獲勝的正史，凱伊如今所在的別史想必更加理想。

『定時聯絡。全車輛，沒有異狀吧？』

是來自貞德的全車廣播。

指揮官的聲音從隊伍中心的王族專用車上，傳達給剩下二十七輛軍用車。

『這座森林裡有上千上萬種不明動植物。有充滿帶有劇毒花粉的花園，也有同樣會散播毒鱗粉的蝴蝶。若有身體不適，或察覺異狀的人，立刻向我報告。』

「……真是，頗有指揮官的樣子嘛。」

精靈巫女雙臂環胸。

指揮官貞德的訊息不會結束於命令，一定會以關心部下的話語作為收尾。蕾蓮大概是察覺到了她的貼心之舉。

隊伍正在往陌生的祕境深處前進──

一旦迷失其中，絕對不可能回得來。她很清楚即將踏入險境的部下有多麼不安。

『領頭車。狀況如何？有無異狀？』

「一切順利。」

蕾蓮立刻回答。

「若這座森林真的那麼危險，蠻神族也不會靠近。放心。老身可不能丟掉性命，會選擇安全的路線。」

『有勞了。』

貞德細微的苦笑聲從通訊機傳出。

『我想確認一下。妳說這片樹魯・米里樹海，通往南方的悠倫聯邦？』

「嗯。老身用這雙腳走過。當時花了七天就是了。」

連能在大樹的樹枝間飛也似的跳躍的精靈，都得耗時七天。

這片如同迷宮的樹海究竟有多麼廣大？光是聽見蕾蓮的回答，就快讓人昏過去了。

『照這個速度要多久才會到？』

「順利的話三天三夜。路上有不少人類也能吃的果實。無須擔心食材。」

『了解。也得感謝提供我們全新蓄電池的皇帝（但丁）。』

伊歐人類反旗軍的據點卡西歐沛亞，過去曾是工業區。

要是沒有靠工廠設備製造的車輛用蓄電池，肯定無法實施穿越這座森林迷宮的計畫。

「照這速度，再兩小時左右就會抵達水源豐沛的小河。」

『那麼諸位，就在那稍事休——』

「凱伊，那是什麼？」

鈴娜從後面伸出頭，指向擋風玻璃對面。

她指著古代樹與古代樹之間的縫隙。不過離這邊還有段距離，形狀模糊不清。

「嗯？妳說的是？」

「那裡怪怪的。有好幾根樹倒下來，地面也亂成一團。」

「……妳說什麼！」

握著方向盤的手下意識加重力道。

凱伊正準備直線開往鈴娜所指的方向，下一刻。

「停車！」

精靈巫女抓住凱伊的左臂。

神情僵硬。

「那是什麼……！」

「貞德，停車。後面有東西！」

軍用車同時減速。

高速旋轉的車輪停止轉動的反作用力，將積在地上的大量落葉吹上空中。

「鈴娜，汝的視力到底有多好？竟然比老身更早看見那東西……」

「哼哼，能幫到凱伊的人是我。」

蕾蓮與鈴娜率先跳下車。

「凱伊，怎麼了？發生什麼事？」

指揮官貞德走下後方的王族專用車。

旁邊的女護衛花琳已經拔劍出鞘，一步步走過來。

「鈴娜跟蕾蓮發現異狀了。妳等一下，有狀況我會立刻通知，麻煩妳維持在隨時可以對部下下令的狀態。」

烏爾札人類反旗軍的遠征軍，約有一百五十人。

還沒確定「有東西」之前就出動全數兵力，為時尚早。

「凱伊，你最好帶著它。」

「嗯……知道了。」

鈴娜探頭窺探駕駛座，指著黑色槍刀說道。

泛用型強襲槍刀「亞龍爪」。人類庇護廳參考大戰的紀錄，仿造幻獸族亞龍的爪子開發的武器。

……鈴娜竟然叫我帶上武器。

……情況有這麼危險嗎？

「吃相真差。」

散發危險氣息的自言自語，從精靈巫女口中傾洩而出。

「老身很習慣走在森林裡，由老身帶頭。凱伊、鈴娜，跟上。」

精靈跳上古代樹的樹根。

接著又跳到另一根樹根上。踏著宛如蝗蟲的輕盈步伐反覆跳躍，轉眼間，身影就變成一個小點。

「喂，蕾蓮，妳跑太快了……真是。」

凱伊對鈴娜使了個眼色。

右手提起亞龍爪，跟著飛奔而出。

地上積滿落葉的樹海。樹叢及古代樹的樹蔭下不曉得藏有什麼，人類（凱伊）光是在其中奔跑，就必須提高戒心。

「凱伊，踩到那個蘑菇腳會腫起來，小心點。」

「唔喔！」

「啊，樹幹上的那種蟲也是。被咬到的話手指會斷掉。」

「這座森林果然很危險……」

比精靈鄉的森林更加遼闊，充滿未知的自然生態。會讓理應精通於此的精靈如此驚訝的狀況究竟是？

「凱伊，在這。」

蕾蓮從古代樹之間向他招手。

「應該沒有危險，但千萬別大意。不知道牠躲在哪裡。」

「什麼意思——……唔！這是……！」

背脊竄上一股寒意。

凱伊繞到古代樹後面，映入眼簾的是——

倒在地上，被啃得亂七八糟的古代樹。

好幾十棵樹被掃倒，枝葉及樹皮上都看得見極為雜亂的咬痕。

地面殘留著看起來像個大洞的足跡。十分巨大的足跡。

……在惡魔巢穴看過的魔獸雖然很大。

……若要說這是那東西肆虐過的痕跡，等級又截然不同。

彷彿經歷了一場暴風雨。

「傷腦筋。老身自認對這片樹海無所不知——」

精靈面有難色，環視破壞的痕跡。

「卻完全想不到是什麼生物在這。居然掃倒了古代樹？究竟是什麼樣的怪物。這片樹海裡沒有那種生物。」

「就我看來，感覺像被巨龍侵襲過……」

「哈！慢著慢著，凱伊，汝以為這裡是哪？」

精靈巫女展開雙臂。

「這片大地是屬於蠻神族的。這裡是世界大陸東側，龍那類型的幻獸族在西側聯邦。根本是反方向。」

「我知道。不過還有其他種族有能力做到這種事嗎？」

「…………」

足以掃倒古代樹的壓倒性力量。

以及將地面的植物踏平的巨大足跡。特徵如此強烈的破壞，沒有其他可能了。

「我和凱伊意見相同。」

「唔？」

「有野獸的氣味。」

巨大的足跡。由於地面一片泥濘，正確的形狀看不出來，不過鈴娜在聞的就是那個腳印。

「好像是幻獸族喔。種類不知道，但我覺得不是龍。」

「……此話當真？」

精靈啞口無言。

如此巨大的幻獸族，光明正大地侵入這片由蠻神族支配的土地。換成人類，感覺就像有強盜闖入家中吧。

「那可是幻獸族巨大的身軀喔！那麼大的東西穿越國境，空中那群天使怎麼可能沒注意到！」

住在森林裡的，有精靈、矮人、妖精三種族。

天使則住在空中的宮殿，從天空監視伊歐大陸全土。蕾蓮會信賴他們也是正常的。

「我想到了。我們從烏爾札聯邦來到這裡的途中，遭到了幻獸族攻擊。當時遇見的是疾龍。」

那是他們離開烏爾札聯邦的王都，朝伊歐聯邦邁進時的事。

在能眺望雪山連峰的高速公路上，那東西突然襲來。

『————凱伊，上面！從空中來了！』

『那是疾龍！』

『這是怎麼回事？這裡可是惡魔的領土，為什麼幻獸族會跑來這裡？』

「……在北方聯邦？出現幻獸族？」

「我本來也以為是自己看錯。那場戰鬥害我們有兩輛車報銷了。只有這點損失，算是不幸中的大幸。」

幻獸族踏進烏爾札聯邦的目的為何？

至今依然是謎。

「打倒冥帝後（凡妮莎），疾龍很快就侵入了烏爾札聯邦。這次也一樣，我們才剛打倒主天。我認為時機很接近。」

「汝的意思是，幻獸族刻意入侵他國……」

蕾蓮神色不悅地扭曲臉孔。

在精靈巫女不知道該做何反應的期間，貞德的聲音透過通訊機傳出。

『凱伊，狀況如何？』

「我們這邊沒事，妳可以過來了。只不過……」

破壞這塊地區的元凶已經離開。

凱伊瞪著通往樹海深處的足跡，握緊通訊機。

「想抵達南方國境，可能得費一番工夫。」

2

綠色迷宮逐漸染上暗紅色。

茂密的樹葉上方，夕陽應該正沉入地平線。

夜晚即將降臨。

「聽說森林的生態系，白天跟晚上差很多。」

「晚上蟲子多，大型野獸也是。不過野獸鮮少接近精靈（咱們）的村落，因為妖精晚上都會施展驅趕野獸的法術。」

開闊的空地。

一行人在湧泉形成的小河旁搭建帳篷。蕾蓮好奇地觀察凱伊搭帳篷。

順帶一提，旁邊是坐在古代樹的樹根上，無所事事的鈴娜。

「欸──凱伊？還沒好嗎？我無聊到快睡著了……」

「快了。」

宛如想要人陪她玩的小貓。

相較之下，興味盎然地看人類搭帳篷的蕾蓮，則是聽話的忠犬吧。

「是說，蕾蓮好冷靜喔。」

「何出此言？」

「因為附近這麼多人類。本來還以為妳要代表精靈鄉與我們同行，會鬧得更厲害……說實話，我很感謝妳。」

混沌種（鈴娜）與蠻神族（蕾蓮）。

兩者外表都是肌膚白皙的美少女，只要鈴娜不被人看見翅膀，蕾蓮不被人看見耳朵，八成不會有人懷疑她們的身分。

「太過警戒，反而會引人懷疑吧？」

傭兵們接連從她身後走過，精靈巫女絲毫沒有回頭看一眼的意思。明明處在被超過一百名敵對種族（人類）包圍的狀況下。

「因此老身會忍耐。其實老身也想大吵大鬧，抱怨個幾句。」

「原來如此……」

「但老身沒法忍受身體沾到人類的氣味。老身去森林裡走走。」

精靈站起來，轉身離去前。

「等等。鈴娜，妳可不可以跟蕾蓮一起去？」

「我嗎？」

「……還不信任老身嗎？」

鈴娜疑惑地眨眨眼，旁邊的精靈巫女皺起眉頭。

「汝認為老身會瞞著汝耍小手段？」

「白天森林被破壞成那樣，妳也看見了吧。」

「……呣。」

「我想麻煩妳們到帳篷周圍看看。兩個人就沒問題了吧？」

不是不信任。

正好相反。凱伊是因為對精靈的知識有著高度評價，才會拜託她在對人類反旗軍的傭兵來說太過危險的日落時分巡視。

「話先說在前頭，那腳印離這裡有段距離喔。」

「一天一千五百公里。」

「？」

「是我所知的紀錄。有座離幻獸族的地盤一千五百公里遠的都市，一晚就遭到襲擊。那些傢伙在地上跑，一天可以移動這麼長的距離。」

幻獸族的體型巨大無比。

距離感不同。對精靈和人類而言的一公里，在幻獸族眼中可能只有數公尺遠。

……從那個地方開車移動到這裡，花了三小時。

……即使用直線距離計算，也離了一百公里以上，但萬萬不可大意。

「小心一點不會有壞處。對吧？」

「原來如此。汝是那類型的人。」

精靈巫女瞇起眼睛。

彷彿在覺得可笑。

「是老身低估汝了……鈴娜，咱們走。去巡視。」

「嗯。凱伊，我很快回來。」

兩位少女輕盈地躍向空中，發出清脆的腳步聲。在凱伊的注視下，瞬間消失在黑暗的森林中。

「……那我繼續搭帳棚吧。」

將防風墊蓋在搭好的帳篷上，大功告成。他正準備動手搭第二個帳篷時。

「凱伊。」

貞德從後方拍了下他的肩膀。

「有沒有看見蕾蓮？」

「我請她跟鈴娜一起去巡邏，妳有事找她？」

「那就好。因為我也想拜託她同樣的事。有鈴娜同行的話，她應該也沒那麼容易耍小手段。」

這可以說是必然吧。

貞德擔心的部分，與不久前蕾蓮所說的話一致。

——蠻神族不會違反契約。

會遵守為期一年的休戰協定，蕾蓮也會加入一行人的隊伍。

這是精靈大長老的說法，不過凱伊也無法確信。

……對蠻神族來說，人類跟低等生物一樣。

……他們會乖乖遵守跟那樣的對象（人類）之間的約定嗎？貞德會不安也是理所當然。

沒人知道蕾蓮什麼時候會逃掉。貞德的戒心之強，也是擁有超過百名部下的指揮官所需的才能吧。

「還有凱伊，我想跟你聊聊。」

「就我們兩個？」

「就我們兩個。這話不方便給部下聽見，到後面說。」

被營火照亮的古代樹後方的樹叢，離營地不會太遠，距離應該也沒近到談話聲會被聽見。

「就這吧————對了，我還沒跟你問清楚。」

她的聲音從充滿活力的男聲，轉為可愛的少女聲音。

平常扮成男性指揮官的她都把聲音壓低，在凱伊面前則會用原本的聲音說話，這是她這幾天來放鬆的方式。

「我說的是你的劍。」

她指向凱伊背後，收在槍套中的亞龍爪。

「跟主天戰鬥的時候，我看見你那把劍發光了，形狀好像也跟著改變。」

「嗯，妳沒看錯。」

「……那是什麼樣的武器？」

不是人類的武器。就貞德看來也是一目了然。因為它明顯不同於人類發明的槍刀。

——世界座標之鑰。

藏在凱伊摔落的「惡魔墳墓」中的劍。

「我也不知道。因為這把劍是我撿來的。」

「咦？」

「之前不是說過嗎？在我知道的正史裡，有個叫希德的人。」

「……我聽你提過。那個叫希德的人在五種族大戰中獲勝，就是你所說的正史世界吧。」

「這把世界座標之鑰，據說是希德用過的劍。現在雖然是一把槍刀，它似乎會對我的聲音有反應，具現化出來。我也不懂是什麼原理。」

為何希德之劍會存在於墳墓？

回答凱伊的，竟然是惡魔的英雄凡妮沙。

『那傢伙（希德）預知了這個世界即將發生的異變。』

『為此，希德將那把劍寄放在朕手邊。為了應對即將到來的事態——』

斬斷命運。

關於這把劍的力量，凱伊知道的只有這片段的知識。

「真危險。」

銀髮指揮官面色凝重。

「雖然被你救過的我講這種話或許不太適合，不過真虧你有膽子用這種充滿謎團的武器。那個不是人類的武器吧？」

「我也覺得它是精靈的法具，或類似的東西。」

貞德的警告是正確的，這把劍確實充滿謎團。

「可是照這個說法，我對妳也有意見。」

「我這身裝束對吧？」

貞德撫上身上的甲冑。

重點不是深灰色的鎧甲，而是底下的東西。

她穿在肌膚外面的薄衣。精靈的戰鬥裝束——散發微光的這件衣服，就是讓貞德成為「靈光騎士」的武具。

……我知道那是奪自蠻神族的至寶，對法術有抗性的衣服。

……可是我太天真了。為什麼之前都沒想到。

天使之弓與精靈的靈裝。

貞德持有的法具，是擁有強大法力的精靈及天使才能駕馭的東西。沒有法力的人類要如何發動它？

他早該對此產生疑惑。

——以生命為糧，綻放光芒的壽衣。

就連現在在跟他交談的時候，貞德的體力都在逐漸流失。

若這裡是正史世界，自己(凱伊)八成會全力阻止貞德穿上精靈的靈裝，叫她別犧牲生命。

然而。

她在這個殘酷的世界奮戰至今，自己(凱伊)無權阻止她。

「靈裝(那東西)不是妳被逼著穿上的吧？」

「怎麼可能。是我自己做的決定。而且以體型來說，也只有我適合穿。」

銀髮少女帶著堅強的笑容搖頭。

「你想叫我脫下它？」

「妳也不會聽吧。這種事……我早就知道了。」

被譽為人類希望的指揮官貞德。

她並不記得——

在人類贏得五種族大戰的正史中，她住在凱伊隔壁，是凱伊的青梅竹馬。

「講也沒用。」

「你說的是之前所在的世界的我嗎？跟你是青梅竹馬的我。」

「現在也一樣吧。」

「……我有自覺。但我不打算改。」

「這我也知道。」

貞德神情嚴肅地回答，凱伊誇張地聳聳肩。

類似的對話，在正史不知道重覆多少次了。不過，她那堅強的個性在這邊也沒有改變，令凱伊莫名鬆了口氣。

「你還有時間吧？那再給我五分鐘就好。」

「嗯？」

「欸，可以問你一個問題嗎？」

貞德由下往上看著他，嘴角掛著淘氣的微笑。

「在你經歷過的正史世界，我是什麼樣的感覺？」

「什麼感覺……跟我是鄰居。」

「不是那個，有很多部分可以說吧，性格、行為舉止之類的。五種族大戰結束後，人類獲勝的和平世界。那裡沒有人類反旗軍對不對？」

「那當然。」

「我無法想像。沒當上人類反旗軍指揮官的我，會過著什麼樣的生活。我沒有扮成男生吧？」

被貞德直盯著看，凱伊陷入沉默。

正史世界中的貞德・E・艾尼斯是什麼樣的少女？

……我回答後她就會想起來。

……哪有這麼好的事。

凱伊親自將瞬間閃過腦海的期待拋到腦後。

那不是期待。是自私的願望。更重要的是，現在在這邊想起那些記憶，未必會帶來貞德所希望的結果。

「凱伊？」

「……很受歡迎。」

他吐出一大口氣。

「人類贏得五種族大戰後，建造了用來封印四種族的墳墓。我和妳都是看守墳墓的士兵。」

「我是指揮官嗎？」

「怎麼會。不過不久後可能會當上。」

她信心十足地詢問，凱伊邊在內心苦笑著邊回答。

「我是看守墳墓的雜兵。但妳已經決定轉任王都了。從來沒出現過這麼年輕就調到王都的人，而且還是女性。」

「哎呀。意思是在你眼中，我沒什麼變化？」

「……扮成男性倒是讓我嚇了一跳。」

在人類特區——新維夏看到女扮男裝的貞德，說實話，凱伊還以為自己眼睛出了問題。即使她現在就站在自己面前。

「因為我認識的貞德頭髮是放下來的，身上的衣服也很時髦。」

「我嗎？啊哈哈，那還差真多。」

少女笑出聲來。

「裙子我好幾年沒穿了。化妝也是，從來沒想過要打扮得像個女孩子——不過……這個嘛……」

笑聲持續了一段時間。

銀髮青梅竹馬的眼中，忽然掠過一絲哀愁。

「我可能也曾經嚮往過那種女孩子會做的事吧……我已經忘記了。」

「————」

「欸，凱伊。我可以對你提出一個任性的要求嗎？」

「嗯？」

——你願意在這個世界，也跟我當朋友(Boy Friend)嗎？

她的聲音細不可聞。

銀髮青梅竹馬臉頰染上淡粉色，抬起視線對凱伊說道。

「……我嗎？」

「這話可不能跟人類反旗軍的部下說。因為我是指揮官嘛，不能逾越跟部下間的界線。」

可是凱伊不同。

凱伊只不過是外來的幫手。只不過是在跟鈴娜共同尋找回到正史世界的手段，與烏爾札人類反抗軍利害一致，便與他們同行。

因此——

兩人之間不存在上司下屬的關係。僅僅是同年紀的少年少女。

「我們的相處模式不會有變化，我也不會拜託你什麼事。我只是……那個，非常懷念……『朋友』這種關係而已。」

「————」

「不、不行嗎……？」

「沒有啦。我只是在想原來就這點小事。」

「這很重要耶！」

貞德激動得聲音拔尖。

「我好不容易才鼓起勇氣的！」

「我知道。呃，妳說想跟我當朋友，我當然很高興。」

對了——

在正史世界，她從來沒跟我說過這種話呢。凱伊回想起來。

他們從小就玩在一起，不知不覺就建立起那樣的關係，連「成為朋友了」的感覺都沒有。

「雖然不會有什麼變化，未來也請妳多多指教了。」

「嗯、嗯！」

貞德臉上綻放出笑容，用力點頭。

下一刻——

尖銳的慘叫聲，響徹身後的營地。

「……！怎麼了！」

緊接而來的是強烈的地鳴。

疑似巨象在衝刺的腳步聲，於樹海中迴盪，古代樹樹枝斷裂的聲音傳來。

以及槍聲——

「凱伊！」

指揮官貞德迅速下達判斷。

她只叫了凱伊一聲，沒等他回應就埋頭奔向營地。

……難道是白天的那傢伙！

……不一定，希望只是不祥的預感！

凱伊撥開樹叢，衝到廣場。

他看見的是四散的火星。斷成兩截的古代樹樹幹。以及染上暮色的巨獸頭部。

獅子？不，這是什麼生物？

頭部長著獅子般的鬃毛。但只有這部分與獅子相似。從樹叢中伸出來的前腳壯得嚇人，比人類的身體還粗。

身高有四——不對，五公尺高。

後半部的身體藏在草叢裡面，但全長八成有十五公尺以上。

「森林之主嗎！」

「不對。貞德，看那傢伙的額頭。雖然因為逆光的關係看不清楚，他的額頭浮現血管。可以確定是幻獸族。」

巨大生物——

例如在大海裡游泳的鯨魚或橫渡草原的大象，是幻獸族嗎？

答案是否。無論身體多麼巨大，要稱之為幻獸族，必須具備某個共通器官。

「法力血界系」。

惡魔族和蠻神族擁有的法力器官「退化」後，變成小小的血管。其存在即為幻獸族最顯著的特徵。

「那傢伙額頭上的血管，冒著黯淡的光芒。」

「是白天那隻……！追著我們過來的嗎？」

貞德握緊拳頭。

「——全員，離遠一點。」

沙啞的聲音響徹四方。

手拿機關槍的傭兵們紛紛後退，花琳則雙手拿著偃月刀，直線衝向那頭野獸。

「幻獸族，這傢伙是……」

其中一隻眼睛，瞇得跟針一樣細。

「貝西摩斯嗎？」

『————————！』

野獸放聲咆哮。

不曉得是在發洩體表被無數子彈射中的怒氣，還是在回應花琳的喃喃自語。牠抬起伸出樹叢的前腳。

「噢。」

花琳使勁在地上一蹬，躍向旁邊。

巨獸的前腳擦過她的鼻尖，掃蕩廣場的帳篷。

將帳篷固定在地面的器具毫無作用，化為殘骸的金屬片及布料飛向後方。

「要怪就怪你跑錯地方了。」

幻獸族在這座森林裡顯得太過巨大。

貝西摩斯的身體前半部，從兩根古代樹之間伸出來。後半部被樹幹夾住，動彈不得。

姿勢不穩的野獸。

花琳雙手舉起偃月刀，砸向牠的肩膀。不是斬擊而是打擊。用全身的體重及臂力造成的最大衝擊。

然而——

「唔。」

偃月刀停留在貝西摩斯的皮膚表面。

歷經數百年歲月硬質化的皮膚擋住刀刃，毫髮無傷。跟剛才的子彈結果相同。

「真了不起。還沒完全長大就這麼硬。」

女戰士拿野獸的肩膀當踏板，逃到空中。

貝西摩斯的雙眼將這一連串的動作看在眼裡。巨大身軀緩緩移動，露出利牙企圖咬碎空中的花琳。

「野獸，在這邊。」

正下方。

凱伊用亞龍爪砍向支撐巨獸體重的左腳。衝擊。從刀尖傳來的觸感又重又硬，彷彿砍在一塊巨石上。

……多麼堅韌。這真的是生物的皮膚嗎？

……我的手反而因為反作用力麻掉了。

傷不到牠一絲一毫。

但他早有覺悟。這把刀原本就重視堅固度更甚銳利度。

……它之所以這麼堅固。

……是因為這把刀本來就是用來對付幻獸族堅韌異常的裝甲。

開火。亞龍爪的刀尖炸開火花，有如一朵紅花盛開。

略式亞龍彈。

模擬亞龍噴出的火焰吐息發明的火藥，在亞龍爪刀刃擊中目標的同時爆炸，零距離讓敵人置身於爆炎下。

火力設計成連幻獸族的裝甲都能突破。

「不行，凱伊，快離開！」

貞德聲嘶力竭地吶喊。

在被火炎及黑煙遮蔽的視線範圍中，要是沒有指揮官的咆哮，凱伊搞不好已經被大卸八塊了。

「……怎麼可能！」

貝西摩斯的前腳從火焰中伸出來。

朝凱伊揮下的爪子，一點傷痕都沒有。

「開玩笑的吧！」

他當場蹲下。

隨著「鏘」一聲，幾根頭髮飄到空中。只差了短短零點幾秒。要是他再慢一點，就會被貝西摩斯的爪子撕裂。

略式亞龍彈沒有效果。

火力不足？凱伊砍得不夠用力，導致爆炸的威力減弱？

恐怕不是。理由極其單純，這隻野獸的皮膚硬度超乎想像。

……亞龍爪是根據五種族大戰的紀錄製造的。

……幻獸族的資料中，當然也記載著貝西摩斯的情報。

也就是說，這隻怪物比正史紀錄中的幻獸族擁有更加強韌的耐久力。恐怕是龍的高階版。非得用大型榴彈砲才能收拾牠。

「真棘手。貞德大人，請您和部下一同退至後方。精靈的靈裝對這隻野獸不管用。」

花琳站到凱伊旁邊。

雙手拿著的偃月刀逐漸發熱，熊熊燃燒。

「牠太大了。換成龍的話，把牠從天上打下來即可，這傢伙卻不能這麼對付。你有什麼建議嗎？」

「還在想……硬要說的話，幸好這裡是樹海。」

對貝西摩斯巨大的身軀而言，周圍的古代樹儼然是牢籠。此時此刻，牠也因為好幾棵樹的關係行動遭到限制，動都動不了。

只能緩緩移動身體。

「能造成有效傷害的——」

凱伊從正面瞪著巨獸。

「頂多只有那傢伙額頭上的要害。」

額頭浮現的血管。法力器官退化而成的「法力血界系」，是幻獸族共通的要害。

烏爾札人類反旗軍的傭兵，當然也明白這一點。

正因如此，他們瞄準的部位都集中在額頭，子彈卻被貝西摩斯的皮膚擋住。無法貫穿下面的血管。

「由我或妳全力攻擊那傢伙的額頭。」

「先不論可行性，確實是妥善的計策。」

要靠凱伊的亞龍爪爆炸，還是花琳的偃月刀斬擊？

不過——

「唔！」

「閃開！」

兩人同時蹬地一躍。

肌膚感覺到挾帶寒意的風壓的瞬間，巨獸的手臂從分別跳向左右兩側的凱伊與花琳中間通過。

大量的土砂及樹葉飛散，大地被劃開一道痕跡。

……無法接近。

……明明全身的動作如此緩慢，攻擊獵物時卻再敏捷不過！

槍聲及貝西摩斯的低吼聲不絕於耳。

這段期間，有東西從天而降。

「趴下！」

帶有刺鼻氣味的白煙冒出，讓廣場的能見度降為零。吸一口氣就會讓人嗆到的濃厚粉塵，瞬間籠罩整塊營地。

催淚彈？

但眼睛和鼻子並未受到刺激。這是——

「蕾蓮！」

「此乃霧蘑菇的孢子。老身花了點時間才收集來。」

精靈身穿鮮豔的七件式和服，從瀰漫四周的煙霧中飛奔而出。

「……幻獸族。竟敢闖入蠻神（咱們）族的森林，何等無恥！」

精靈巫女舉起綻放滿月光芒的小刀，刺向巨獸的腳。

毒血噴出。

野獸發出憤怒的咆哮聲，蕾蓮不悅地咂舌，停止追擊，躍向後方。

「唔，居然連這法具都無法將整把刀刃刺進去……」

「————凱伊！」

聲音來自上空。

純白煙霧中，少女拍動著天魔之翼從空中降落。淡金色長髮隨風飄揚，宛如降臨人界的天使。

多麼夢幻的畫面。

「抓住我！」

凱伊回握少女從上方伸過來的手。

「要飛嘍！」

全身都感覺得到風的流動。

鈴娜的翅膀產生的風壓及法力，迅速將凱伊帶到上空。

……原來如此。這陣霧不是用來遮蔽貝西摩斯的視線。

……是為了隱藏鈴娜的翅膀！

避免聚集在廣場的傭兵看見。

除此之外還能不被巨獸發現，凱伊與有翼少女一同飛上古代樹。

正下方是野獸巨大的身軀。

貝西摩斯的額頭——

下方是集中法力的血管，正在散發紅色微光。

「行得通。鈴娜，就這樣往下降。」

攻擊那個要害。

凱伊的決心，被巨獸的吐息抹消。位在正下方的貝西摩斯轉動脖子，回頭望向兩人。

以異常的速度。

一轉頭就露出牙齒威嚇他們。

「被發現了！可惡，竟然有辦法在孢子中聞出味道……」

「是法力嗎！」

奪還王都烏爾札克時，也曾有過數不清的惡魔感應到鈴娜的法力而追進大樓。

……雖然微弱，但幻獸族也擁有法力。

……存在同樣有辦法偵測法力的個體也不奇怪。

既然如此。

沒時間觀察情況了。

「鈴娜，把手放開！」

「凱伊？不行——危險！」

他將少女想要回握他的手甩開。

朝白煙中的貝西摩斯急速下降。左手扶著右手握住的亞龍爪，高舉到頭上。

下方是想必一口就能將區區人類咬碎的巨大口腔。

「凱伊————！」

鈴娜放聲尖叫。

沒有翅膀的人類只能受到重力的束縛，往地面墜落。凱伊憑藉這股速度，全力揮下黑色槍刀。

巨獸之牙與仿造亞龍做成的爪子。

鈴娜倒抽一口氣，兩把刀刃以數公分的些微差距擦過。

「爆炸吧。」

在一片白霧中——

略式亞龍彈炸裂的爆炎，轟碎了貝西摩斯額頭上的要害。凱伊來不及見證這一幕便落到地上。

……滴答。

地表立刻被鮮血染紅。因為凱伊的劍命中目標的同時，巨獸之牙也用要咬碎整塊肉的力道，撕裂凱伊的左肩。

「痛！」

要害被擊中的巨獸低頭看著跪在地上的人類(凱伊)，腳步雖然不穩，依然抬起前腳企圖踩爛他。

然而，幻獸沒有發現。

牠的注意力都放在凱伊身上，導致牠沒發現腳底出現巨大的法術圓環。

「誘導完畢。」

精靈巫女將手放在大樹的樹幹上。上面的小圓環，是用來發動傳送法術陷阱的開關。

「汝以為這裡是哪裡？這裡可是蠻神族的領土。」

精靈的陷阱。

伊歐人類反旗軍的皇帝但丁中過的陷阱。貝西摩斯腳下的法術圓環緩緩上浮。

「送汝到紅蓮之園一趟。在那盡情肆虐吧。」

光芒炸裂。

巨獸貝西摩斯從凱伊面前消失，連慘叫聲都沒留下。

傳送。通往煉獄花盛開的溪谷——

「招待汝到如岩漿般炙熱的花園作客。至於汝是要拚命逃出那裡，還是要化為黑炭，老身就不知道了。」

「……安全了嗎？」

凱伊放開亞龍爪，癱坐在地。

「汝也真是胡來。那個瞬間，連老身都嚇出一身冷汗。幸好汝沒事，但汝採用那種自爆式的突擊方式，虧汝有辦法從貝西摩斯的牙齒底下撿回一命——凱伊！汝的傷！」

凱伊默默脫掉上衣。

左肩的傷勢，令蕾蓮表情瞬間僵住。以為他只有受到擦傷的精靈，也終於理解情況有多麼慘烈。

——被咬掉了。

左肩被咬下一整塊肉，鮮血底下露出白色的骨頭。

傷勢深可見骨。肩膀的傷口再偏移二十公分，巨獸之牙就會貫穿肺部了吧。

要是再差個十公分，就會貫穿心臟。

……幸好煙霧遮蔽了巨獸的視線。

……不然我可能會直接被咬碎。

「凱伊！」

從空中降落的鈴娜看見凱伊的傷勢，同樣啞口無言。

不過，她的沉默只維持了數秒。鈴娜靠在凱伊背上，雙手用力摟住他。

「…………不可以…………啦。」

嗚咽聲自口中傳出。

少女的身軀緊貼在背上，不肯離開，像隻受驚的小狗般瑟瑟發抖。

「……為什麼……要這麼亂來？這麼嚴重的傷口……我不想看到。我不希望你受這麼重的傷……」

「不是打倒怪物了嗎？」

「……那不是重點！」

鈴娜淒厲的哭聲，在白煙中迴盪。

「因為，真的很危險喔……你放開手的時候……我真的不知道該怎麼辦…………」

「好險只有我一個。」

「咦？」

凱伊從隨身小包中拿出幾粒止痛藥咬碎。

用右手代替不能動的左手，將手掌覆在抱住自己的少女手上。

「妳沒事就好。」

「！」

混沌種少女終於明白這句話的意思，屏住氣息。

當時——

巨獸貝西摩斯注意到的不是凱伊，而是鈴娜。

……牠是對法力有反應才回過頭的。

……目標當然也只有可能是鈴娜，不會是我。

想咬碎的對象也是。

那個瞬間，鈴娜抱著凱伊在天上飛。萬一貝西摩斯立刻撲過來，她肯定會來不及飛上去。

抓著我會逃不掉——

因此凱伊才必須放開鈴娜的手，勉強對付企圖攻擊鈴娜的巨獸。

最好能一擊斃命。就算辦不到，只要爭取時間讓鈴娜往上飛即可。

那就是真相。

「哦，我不會說我是因為這樣才受傷的。是我自己太大意，鍛鍊不足——」

「別再說了。」

少女的雙手收得更緊了。

「……求求你……不管你再怎麼說……我都會……覺得想哭……」

「──────」

「……我自己都搞不懂。高興的心情和難過的心情參雜在一起。你把我看得那麼重要，我好高興……可是看你這麼痛苦，我好難過……」

她搖著頭說。

「要是我大聲哭出來，肯定很吵喔……聲音會比剛才那隻貝西摩斯還大。」

「那就麻煩了。」

凱伊嘴角勾起一抹傷腦筋的苦笑，拿出消毒液跟止血用繃帶。

可是，在左手不能動的狀態無法包紮。

「凱伊，你在哪！貝西摩斯呢！」

煙霧後方傳來腳步聲。

貞德神情緊繃，帶著部下們趕到。

看到蹲在地上的凱伊，她鬆了口氣，不過下一刻，他就因為凱伊腳下的血泊及左肩的傷口而瞪大眼睛。

「醫療班，立刻過來！馬上準備縫合手術！」

「抱歉，貞德。花了點時間。不過我們順利將貝西摩斯引到精靈的陷阱，趕走牠了。」

「別說話。等你包紮好傷口止血了，我再聽你說。」

貞德搶走凱伊右手拿著的繃帶，熟練地幫他從肩膀包紮到腋下。

毫不介意自己的手沾到血——

「……身為指揮官，我很感謝你願意挺身戰鬥。但你也為做出朋友宣言後，馬上就要為你操心的我想想吧？」

然後小聲地——

銀髮少女用只有凱伊聽得見的音量說道。

3

綠色迷宮「榭魯・米里樹海」。

四面八方被古代樹及草叢包圍，地面積著厚厚一層腐葉土。落葉發酵後，散發出帶有些許酸味的森林氣味。

肥沃的土壤——

觸感柔軟，鞋子一踩就會發出「喀吵」聲陷進土裡。從枝葉間灑落的晨光照亮道路，凱伊慎重地走在其上。

「欸，凱伊。你自己走路沒問題嗎？」

「沒問題，止痛藥發揮作用了。」

鈴娜緊貼在凱伊旁邊，凝視著他的左肩。傷口在昨晚縫合完畢，如今是包了好幾層繃帶的狀態。

這副模樣實在很引人注目，鈴娜看了也會心痛吧。

「欸，平胸精靈，妳要讓凱伊走到什麼時候？快點帶路啦！」

「老身不是說過快到了嗎？」

蕾蓮快步走在前方十公尺左右。緊跟在後面的是貞德，以及護衛花琳。

「蕾蓮，這樣子的森林裡面，真的有遺跡嗎？」

如此詢問的指揮官，表情也透出一絲不耐。

「我把營地都交給部下看守了……」

「昨晚不是汝自己說會在意的嗎？老身僅僅是說了那隻巨獸出現的方向，有座疑似人類遺跡的建築物。」

「講這種話誰都會好奇吧。」

幻獸族在森林裡肆虐過的痕跡——

昨天晚上，蕾蓮試著循腳印追蹤，發現痕跡附近有疑似出自人類之手的遺跡。

「很難想像這麼偏僻的地方會有人類的遺跡。」

花琳用偃月刀砍斷面前的藤蔓。

「妳判斷那是人類建築物的根據是？」

「因為不是蠻神族的。既然如此，會蓋那種建築物的只可能是人類吧？雖然不曉得是何時蓋成的。瞧，就在那。」

精靈用雙手撥開茂密的樹葉，抬起下巴指向前方。

映入眼簾的是——

未解析神造遺跡。

將巨大岩石加工成方塊狀蓋成的巨石遺跡。

表面長滿青苔，藤蔓及野花叢生。凱伊從未見過跟大自然同化到這種程度的建築物。

「……令人驚訝。貞德大人，請看。」

花琳指向遺跡。

「旁邊的古代樹，沿著遺跡外牆大幅度地彎曲。也就是說——」

「是先有這座遺跡，古代樹在之後才發芽，長到這麼大。」

貞德也面色嚴肅地看著遺跡。

這座遺跡比起樹齡數百年的大樹，更早存在於此。

「這種地方居然有未解析神造遺跡。」

「神造……？」

鈴娜敏銳的耳朵聽見凱伊的喃喃自語，納悶地歪過頭。

「不知道是誰在什麼時候蓋的建築物。正史世界也有好幾座。」

五種族大戰結束後。

人類在開拓四種族支配地區的過程中，發現好幾座明顯出自人類手中，謎團重重的遺跡。

「研究結果顯示，大部分是蠻神族蓋的遺跡或詛咒痕跡。不過，也有詳情尚未查明的遺跡。鈴娜也知道吧。」

「我知道？」

「是墳墓。」

黑色大金字塔——

在正史世界，用來封印四種族的特殊建築物。

在別史世界，世界座標之鑰就藏在那裡。

「我們就是在那相遇的，妳不會不記得吧。當時是在烏爾札聯邦的墳墓就是了。」

「……跟這個建築物一樣？」

「還無法判斷。外觀也跟墳墓不同。」

建築物被藤蔓覆蓋，但正面疑似有長滿青苔的入口。

「蕾蓮，妳進去過嗎？」

「嗯。不過，什麼有趣的東西都沒有。只有一尊大石像。」

石像？

想進去是做得到，然而……

「貞德大人，回頭吧。」

花琳開口說道。

「我們不是考古學團隊。附近留有貝西摩斯的足跡雖然是事實，這裡沒有幻獸族存在的跡象。部下都在等我們，因此我認為應該優先前往南方的聯邦（悠倫），而非探索此地。」

「說得也是。而且這座古老的遺跡，隨時有可能因為受到衝擊而崩塌。」

貞德點頭贊成，轉身背對無名的未解析神造遺跡。

走向從林間灑落的晨光照亮的道路。

『要去哪裡？你們可是終於找到了世界的中心。』

優雅的女聲。

溫柔慈祥，又充滿驚人神性的聲音迴盪四周。

『被命運選上的人類啊。歡迎汝等的來訪。』

大氣未被擾亂。

那個聲音彷彿在直接跟凱伊的靈魂對話——

……剛才的聲音是……

……我聽過這個聲音？……在哪裡……什麼時候聽過的？

他回過頭，眼前的貞德和花琳也一樣驚訝地環視四周。沒看見聲音的主人。

「嗯？怎麼了，凱伊？貞德和花琳也是。」

精靈巫女輕扯他的袖子，一臉疑惑。

「不是要回營地嗎？」

「是沒錯……不過，那個聲音不曉得是誰的。」

「什麼聲音？」

「咦？」

被她這麼一問，凱伊瞬間語塞。

「剛才的聲音啊。問我們要去哪裡的聲音。」

「什麼啊？喂，凱伊，汝左肩的傷口是不是惡化了？還在作夢，腦袋轉不過來嗎？」

「……怎麼可能。不會吧。」

事實上，貞德和花琳也是因為聽見剛才的聲音才停下腳步。

人類聽得見。

蠻神族聽不見？

但這樣就產生了下一個問題。人類與蠻神族的混血種（鈴娜）又是如何？聽得見剛才的聲音嗎？

「鈴娜，我問妳————」

「…………」

鈴娜走向長滿青苔的古代遺跡。她在被藤蔓覆蓋住的入口前停下腳步，朝這邊招手。

「聲音大概是從這傳來的。」

「從裡面嗎？……蕾蓮，幫忙看一下。我們很快回來。」

「什麼？喂、喂，凱伊？」

凱伊跟著鈴娜，進入昏暗的遺跡內部。

「貞德大人，請您小心。我從剛才的聲音中感覺到不尋常的氣息。」

女護衛打開手電筒。

用動作示意最後方的主人再退後一步。

「明顯是特殊的波長。聽覺遠比人類敏銳的精靈竟然聽不見那個聲音，太不可思議了。」

「……妳的意思是，對方並非人類？」

「是的。可能是其他種族企圖引誘我們的陷阱。」

像蜘蛛的巢穴一樣。

未解析神造遺跡裡，可能有某種駭人之物在等待他們。因為他們昨晚才剛遭到幻獸族的襲擊。

「鈴娜，進去是可以，要小心點喔。」

「我感覺得到。」

「……感覺得到什麼？」

「強大的力量。像法力，卻又不像法力……跟我很像的力量……」

鈴娜輕聲說道，一步步向前。

石造的通道。推測是將巨岩加工後，切成一立方公尺的正方體堆積而成的。

……石頭的裁切方式及堆積法。

……跟墳墓愈來愈像了。這異常精密的技術也是。

石頭與石頭的接合面，緊密到連剃刀都插不進去。這正是用機械般的精確度裁切石頭的證據。

不像出自於人類之手。

能夠如此銳利地切斷岩石的手段，明明不可能存在於遙遠的往昔。

「什麼都沒有耶。」

走道上沒有插著蠟燭的燭台，也沒有任何有特徵的東西。

更進一步地說，生物也是。一進到內部就連一隻蟲都找不到，與長滿青苔的外牆截然不同。

這點也可以說是跟墳墓內部相似吧。

「蕾蓮說前面有石像對不對？」

左臂動不了，令凱伊心煩意亂。即使如此，他還是用右手握著亞龍爪，慎重地在狹窄的走道上前進。

前方看得見淡淡的光芒。

「有光？」

「不，貞德大人，這是──────！」

走道前方的開闊空間。

用不屬於這個世界的夢幻「藍色」點綴的祈禱之間，展現於凱伊面前。

藍色的大聖堂。

從天花板到腳下的每個角落，都用藍色玻璃板構成的禮拜堂。
還不是同樣的藍色，而是淡藍色到深藍色的漸層。
天花板的藍色最深。
散落其中的白點，大概是夜空的星光。
在凱伊看過的建築物中，沒有比它更加神聖的了。這座大聖堂就是如此莊嚴美麗，光站在這裡就令人不寒而慄。
『來得好。被命運所愛的孩子們。』
與深處牆壁同化的台座上——
如精靈巫女所說，凱伊抬頭看見的，只有一尊純白的巨大石像。
身穿長袍的人類女性石像。高度目測有十公尺以上。
……這尊石像怎麼這麼大？
……而且沒看見石頭的縫隙。是用一整塊石頭雕刻出來的嗎？
不如說。
這栩栩如生的感覺，彷彿是巨大的「某種生物」石化後的模樣。
但聲音的主人在哪裡？
莊嚴平靜的女聲憑空傳來。
『不就在這裡嗎？瞧，在你們面前。』

的。

「……怎麼可能！」

貞德警戒地後退。

大聖堂中只看得見巨大的女性雕像。那個聲音在訴說著，聲音就是從這尊石像傳出的。

「貞德大人，請您退下。這尊石像及聲音的機關尚未明瞭。可能是我們一接近就會自動發動的法術。」

『從妳的戒心之深，看得出妳見多識廣。人類啊，讚賞妳的反應。』

「…………」

『可是如妳所見，我手無縛雞之力。也沒有力量危害各位。』

「真可疑。」

女護衛舉起偃月刀。

拿刀尖指向遙遠上方，身穿長袍的女性石像頭部。

「石頭不可能會說話。會說話的就不是石頭。妳是什麼東西？」

『我——』

聲音響徹大聖堂。

『我是五種族大戰結束後的世界的存在。』

「什麼？」

所有人的視線集中在一個點上。

不是巨大石像——貞德與花琳回頭望向凱伊。旁邊的鈴娜也困惑地看著他。

因為石像所說的話，跟凱伊曾經在烏爾札人類反旗軍的會議室，對貞德和花琳做的說明幾乎一模一樣。

『就我所知的歷史，大戰已在一百年前告終。』

『我是從那個世界來的人。』

記得正史的人，只有凱伊跟鈴娜。

他一直這麼認為——

『我等很久了。在這個新世界，代替希德的新適任者的來訪。』

「……等一下。」

喉嚨緊繃，發不出正常的音量。

「妳是誰？我怎麼看都妳都只是一尊石像。如果妳不是石像，就給我現出真面目。」

『哦？你應該認識我呀。』

平靜的微笑。

『奧爾比亞·索拉卡聖堂。過去人們是這麼稱呼這裡的。』

「……難道是奧爾比亞預言神！」

凱伊大聲驚呼。

然而鈴娜自不用說，沒有正史記憶的貞德及花琳也面露疑惑，一副一頭霧水的樣子。

「凱伊，如果你心裡有底的話，麻煩解釋給我跟花琳聽。」

「……是我之前在烏爾札人類反旗軍，跟妳們提過的正史後續發展。」

面對沉默的石像。

凱伊無法抑制住身體的顫抖。這尊石像的真實身分，莫非是……

「我和鈴娜稱之為『正史』的世界，有位名為先知希德的英雄。他是在絕望中引導人類反敗為勝的人類。」

「這部分我們都聽過。是這段歷史的後續對吧？」

「貞德，妳認為『先知』是什麼意思？」

「……咦？」

貞德愣住了。

「先知的意思是『被授予預言之人』吧。也就是說，在大顯身手的希德背後，還有個給予他建議的人。」

那麼，是誰給予希德預言？

之後的部分，是對凱伊而言僅僅是逸聞或童話的「故事」。

『奧爾比亞預言神──』

『希德率領人類，打倒四種族的英雄──接獲統御命運之神的神諭，成為先知。』

希德這名人類曾經存在是事實。

可是，他跟四種族的英雄交戰，並且獲得勝利一事，連在正史世界都沒留下任何證據，引人疑竇。

除此之外──

希德被稱為先知的理由，是「他接獲了古代預言神的神諭」這個連凱伊都不相信的逸聞。

……神？那種東西哪可能存在。

……世上只有那幾億種生物。沒人見過神。

硬要說的話，頂多只有四種族較為接近。

惡魔及天使擁有強大無比的力量，也有被人用「神一般」來形容的時候，跟真正的神卻截然不同。

『阿絲菈索拉卡。人類稱呼我為看透未來的「祈神」。』

「…………」

凱伊啞口無言。

站在自己（凱伊）身邊的，是名為鈴娜的混沌種少女。凱伊並不打算否認這個世界有未知的種族，包含名為切除器官的怪物在內。

不過，這個存在是什麼？

古老的命運信仰之神？如此超次元的存在，真的存在嗎？

「我從來沒信過神。」

『————』

「妳要說妳是那類型的存在嗎？不是人類也不是四種族，是次元更高的存在。」

『不。我僅僅是傳達預言的存在。』

出乎意料。

凱伊努力控制住聲音中的情緒，從石像傳出的女聲語氣卻依然平靜。

『如今的我所能做的，只有回應人類（你們）的需求，給予微小的言靈。』

「……沒辦法做到其他事嗎？」

『我的力量所剩無幾。』

她語帶遺憾地說。

『因為創造世界座標之鑰，耗盡了我的力量。』

她的聲音在大聖堂內產生好幾重回音。

不久後，室內回歸靜寂，凱伊仍然發不出聲音。

……慢著。

…………這尊石像剛才說什麼？

創造世界視之鑰(Code Holder)。

她是這麼說的嗎？

『五種族的鬥爭尚未發展成大戰的遙遠往昔，人類就對我心存敬意。因此大戰時，我竭盡全力，以保護陷入絕境的人類。創造了世界視之鑰，作為人類對抗強大的四種族的王牌。』

「…………」

『然後將其託付給希德。他用那把劍結束了五種族大戰——』

「等一下！」

面對滔滔不絕的石像，凱伊忍不住站上前。

心跳加快。

先知希德的劍。他比誰都還要清楚，那把劍擁有超常的力量，且來歷不明。

……我確實覺得那不是人類鍛造的劍。

……也跟精靈和天使的法具不同。

可是，沒想到。

它竟然出自不屬於五種族的存在之手。

「我的確一直很在意。不過是真的嗎！就是妳……創造了這把世界視之鑰嗎！」

『沒什麼好懷疑的，凱伊，你不是聽過我的聲音嗎？』

惡魔的墳墓。

發生在鈴娜甦醒後，不小心攻擊凱伊時的事——

『世界座標之鑰能斬斷「命運」。將不必要的死亡命運自世界斬斷吧。』

憑空出現的女聲。

那段記憶，與現在聳立於面前的石像聲音完全重疊。祈神阿絲菈索拉卡滿溢慈愛之情的聲音。

『想起來了嗎？』

「……是啊。」

『你在希德不在的世界找到了世界座標之鑰，我非常高興。請你好好珍惜那把劍。』

她的聲音聽起來很愉快。

不過，馬上就恢復成原本平靜的語調。

『回到剛才的問題，這就是如今我如此無力的原因。耗盡力量的我，已經無法抵抗被竄改的世界。』

「——好。我明白妳是我無法理解的存在了。」

沙啞的聲音於大聖堂中響起。

貞德默默點頭，她的女護衛則向前踏出一步。

「我就直接問了。妳的目的是什麼？」

『我想將世界的命運託付給你們。為此，有預言要傳達。』

「……具體內容是？」

『這個世界是「虛假的」。各位都知道吧？』

不容反駁——

她的語氣有如在教育孩子的母親，聲音中蘊含令聽者畏懼的驚人壓迫感。

『竄改命運是不被允許的。世界輪迴導致了希德的存在消滅，人類勝利的歷史消失。於是——』

「等一下！」

大聲吶喊的，是銀髮少女。

她先是瞥了凱伊一眼。

「……我無法相信。我和我的父親，已經在烏爾札聯邦與惡魔抗戰了好幾十年！而那個世界竟然是虛假的。」

『沒錯。歷史被覆寫成了那個樣子。』

「────」

她當時露出的表情。

凱伊想必絕對無法忘懷。

「妳想說我和父親、花琳，以及部下們的努力，也全是虛假的嗎……！」

他第一次看見。

貞德激動得肩膀打顫。

貞德咬緊下唇，用燃燒著熊熊怒火的雙眼抬頭瞪著巨大石像。她的神情堅強又美麗，足以令凱伊感到寒意。

儼然是為了全世界的人類而戰的女武神。

──妳的意思是我們戰鬥至今的歷史是虛假的嗎！

『不如說正好相反。』

男裝指揮官如此控訴。

「……相反？」

『靈光騎士貞德。正因為有妳和部下的奮戰，世界才能免於淪為澈底的「虛假」。』

祈神阿絲菈索拉卡。

如此自稱的女神像，用母親在指導孩子的語氣說明。

『世界輪迴顛覆了世界的命運。那麼貞德啊，若歷史完全相反，妳認為世界會變成什麼樣子？』

「咦……這……」

經過數秒的沉默。

銀髮少女戰戰兢兢地回答。

「……會變成人類滅亡的世界吧。」

『是的。不過，人類並未滅亡對不對？』

聲音中透出溫和的笑意。

『不僅沒有滅亡，還在一步步反擊。』

「…………」

『就是這樣。世界輪迴顛覆了命運。在這個世界，人類早已滅亡都不奇怪。可是，這樣的惡夢之所以差了那麼一點才能化為現實，無疑是多虧你們的奮鬥。』

她說的有道理。

若世界輪迴真的將命運徹底顛覆，凱伊來到這個世界時，人類理應早已被封印在墳墓中。

現實並非如此。

代表世界尚未完全遭到覆寫。

『你們的戰鬥一路將人類的世界支撐到現在。妳滿意這個「答案」嗎？』

「……知道了。聽妳這麼說，我就放心了。」

表情殺氣騰騰的貞德，輕輕吁出一口氣。

「老實說，我還不想相信這個世界是虛假的。因為我沒有實感……可是，這代表我們的奮鬥不是徒勞無功對吧。」

『由妳負責導正世界的命運。』

「……咦？」

『先知貞德。由妳代替希德，成為這個世界的英雄。』

「什麼！等等，太突然了！」

『我一直在注視這個世界。』

貞德大驚失色。

女神像彷彿要仔細教導她，冷靜地接著說道：

『這個世界包含妳在內，有數名代替希德的適任者候補。凱伊，打倒惡魔英雄的你當然也是其中一人。』

「我？」

『不過，你符合的只有力量這個部分。你本來是不能存在於這個世界的存在。跟我，以及她一樣——』

「！」

鈴娜嚇得身體一顫，靠到凱伊的背上。

……鈴娜？對了，她一直沒說話。

……怎麼了嗎？

凱伊用視線詢問，鈴娜卻只是無力地搖頭。

跟之前遇到強敵時的反應不同。

『成為這個世界的英雄之人，要能成為這個世界的人類之典範。貞德啊，我判斷妳才是最適合的人。』

「……妳要我怎麼做？」

『跟妳目前所做的一樣。率領部下戰鬥。打倒四種族的英雄，以及那個切除器官。如此一來，世界便會恢復原狀。』

「……打倒那隻怪物？」

貞德為之語塞。

叫她打倒疑似導致主天艾弗雷亞性格驟變的怪物，可是沒人知道在哪裡能找到牠。太不切實際了。

「我也想問。我們的確也覺得切除器官這種怪物很可疑。妳知道那是什麼東西嗎？」

『不。牠不存在於原本的歷史，所以不在我的知識範圍內。』

「……果然是不應存在的怪物。」

『我認為那是藉由世界輪迴之力誕生的異形。雖然不清楚世界輪迴是因誰而起的，擅自斷定牠是什麼樣的存在並不安全。』

凱伊陷入沉默。

連據說能看透命運的神都無法理解的異形怪物。自己所知道的是，那些怪物封印了鈴娜。

……而且牠們肯定也在監視冥帝及主天。

……目的是什麼？

凱伊也認為牠們是擁有神祕力量的怪物。

那明顯是無法與人類相容的存在。

「最後再讓我問個問題。」

『當然可以，貞德。打從比希德的時代更加遙遠的過去，人類就在崇拜我。為了導正這扭曲的命運，愛與知識我都不會吝於提供。』

「假如……我打倒了四種族的英雄和切除器官，世界就會復原嗎？」

『或許。』

「到時世界會變成什麼樣子？」

少女的眼神表露出緊張的情緒。

若貞德沒問，凱伊也打算提出這個問題。正史和這個世界，差異實在太大。世界會變成哪一方的模樣？

『視世界輪迴的侵蝕程度而定。』

「！」

『無人知曉世界被覆蓋到了什麼樣的程度。可是貞德，記住一件事。改變世界的，無論何時都是人類的決心。』

「…………」

『妳的使命是讓人類從四種族的支配下得到解放。目前妳只需要想著這件事。為未來擔憂，只會讓現在的妳刀刃變鈍。』

一旦貞德敗北，人類就注定沒有未來。

這樣等於失去了一切。

『去吧，貞德。為了當上人類的新英雄。還有凱伊——』

石像發出親切的輕笑聲。

感覺跟某人有點像。然而，在凱伊想起那個人是誰之前——

『我看好你的表現。』

「……？」

『隨時都可以過來。因為世界各地都有「我」的大聖堂。』

之後。

石像就沒有再發出任何聲音。

4

「好慢！」

長滿青苔的神殿外。

精靈瞥了從神殿中歸來的凱伊一眼，開口第一句話就是抱怨。

「汝等四人在裡面做了什麼？老身都等到不耐煩了……還是說，遺跡內部有石像以外的東西？」

「只有石像。」

他搖頭回答坐在古代樹樹根上的精靈。

……在裡面發生的事，最好別告訴蕾蓮。

……那不適合給其他種族聽見。

被人類視為擁有主導命運之力的眾神中的一柱。身為蠻神族的蕾蓮，聽不見從石像傳出的那個聲音。

再加上跟她說了，她也未必會相信。

事實是凱伊自己也還心存疑惑。自己剛才交談的對象究竟是什麼？

「回去吧。我們讓部下等太久了。」

貞德帶頭邁步而出。

表情雖然鎮定，腳步卻表現出前所未有的緊張，應該不是凱伊的錯覺。

……聽見那些話，這也是當然的。

……我也一樣。

成為引導世人的英雄。

疑似古代信仰之神的存在，直接對青梅竹馬做出這樣的預言。其壓力肯定遠超凱伊的想像。

除此之外──

「鈴娜，還好嗎？」

「嗯……沒事。我現在什麼事都沒有呀？」

離開大聖堂後，身旁的鈴娜才開始說話。在此之前，她都只是貼在凱伊背後，連動都不動。

面對冥帝和切除器官時，她雖然會繃緊身軀，這次的情況卻不同。

「妳聽過那個聲音嗎？」

「沒有。只是感覺怪怪的……」

「怪怪的？」

「我不知道該怎麼形容。因為我無法分辨那個奇怪的聲音危不危險，一直在旁邊盯著看。」

「難怪妳都沒說話。」

少女點了下頭。

切除器官也是連鈴娜都看不清的存在，不過幸好這次不是敵人。

……授予希德預言的命運神？祈神阿絲菈索拉卡？

……這東西真的存在嗎……

先知希德這名男子的謎團。

雖說希德擁有世界視之鑰，他為何有辦法贏過強大無比的四種族？正史之謎的一角，或許得到了解答。

然而——

就算他從祈神阿絲拉索拉卡手中得到劍是事實，希德為何在五種族大戰後，刻意將世界視之鑰藏到惡魔墳墓這種地方？

既然所有的戰鬥皆已落幕，照理說不是該將它還給祈神阿絲菈索拉卡嗎？

為何希德沒有這麼做？

仍有未解之謎。

「凱伊？」

「……打倒四英雄和切除器官，就能讓世界恢復原狀。她是這麼說的對吧。」

與這趟遠征的目的一致。

找到導致世界輪迴的元凶，將其打倒。

「下一個目的地，是南方嗎？」

悠倫聯邦。

位於廣大精靈森林的另一端的國家。

最不可思議的強大種族——聖靈族的支配地。

World.3　Chapter:

悠倫人類反旗軍

Phy Sew lu, ele tis Es feo r-delis uc l.

1

自然國境線——

在由蠻神族統治的森林開了三天三夜的車後。終於映入眼簾的黃土色荒野，是區隔東方(伊歐)聯邦與西方(悠倫)聯邦的國境。

「老身只能帶路到這裡了。」

精靈巫女依依不捨地看著後方逐漸遠去的森林。

「這片荒野前方是悠倫聯邦。這點小事汝等也知道吧？」

「嗯。是說景色還真荒涼……」

坐在駕駛座的阿修蘭回答。

凱伊的手在與貝西摩斯交戰時受傷，因此目前由他負責開車。

「本來想說一直在只有巨大古代樹的迷宮裡開車，有點膩了，接下來卻換成只看得見雜草的荒野。」

「對呀——周圍什麼都沒有，反而很可疑……」

坐在副駕駛座的莎琪拿著望遠鏡，始終不安地窺探窗外。

「國境不是到處都會有四種族的哨兵嗎？」

「沒那麼誇張。會在國境各個角落配置哨兵的只有惡魔族。因為那些傢伙數量多。」

蕾蓮坐在後座的右方。

「話說回來，凱伊，關於汝左手臂的傷。」

「啊，喂！」

鈴娜的制止聲由左側傳來。

「凱伊的傷勢由我來擔心。凱伊，還好嗎？」

「唔。老身看他無所事事，搭個話也無妨吧。」

凱伊右邊坐著蕾蓮，左邊坐著鈴娜。

被兩人從兩側包夾的他，整個人癱在椅背上。

「是還好，但妳抓著我的手，我會很頭痛……」

用繃帶固定住的左肩動彈不得。

蕾蓮卻抓著他的手臂不肯放開。她那「我來保護你」的好意是很令人高興，不過每當鈴娜加重力道，衝擊便會從凱伊的手臂傳達到肩膀，害傷口隱隱作痛，令他相當困擾。

「我說莎琪，我們要開到哪裡？」

「嗯——還要一段時間吧？不過在車上坐那麼久，我也膩了。」

三天三夜。

凱伊等人的軍用車，已經在精靈森林裡開了數百公里。糧食及蓄電池都即將耗盡，跟在後面的近三十輛車子也是。

「離人類特區應該還有段距離……但這是大約十年前的地圖，準確度不曉得有多高。」

莎琪盯著大陸地圖。

「欸，是不是那個？」

「有人類的都市。」

鈴娜從窗戶探出頭，直直指向地平線的方向。

「嗯？鈴娜，在哪裡呀？人家看不見。等一下喔，拿個望遠鏡……噢，真的耶。可是看起來好像廢墟——呃……那、那是什麼！」

用望遠鏡觀察遠方的莎琪驚呼出聲。

「……有點危險啊。」

蕾蓮從後座探出頭，微微皺眉。

「凱伊，有辦法與後方的貞德取得聯繫嗎？那座廢墟不是單純的廢墟。可以的話最好繞路，那是聖靈族的巢穴。」

「不會吧！貞德，這邊是領頭車，聽得見嗎！」

凱伊握緊通訊機。

沒有等坐在後面的車子上的司令官回應，凱伊就接著說道。

人類(凱伊)的眼睛雖然看不見，但視力優秀的鈴娜及蕾蓮，很快就看清了地平線盡頭的景象。

「在我們的前進方向上。正前方的廢墟是聖靈族的巢穴，我建議繞路！」

『我正想通知你。』

貞德的語氣感覺不出一絲驚慌。

『悠倫人類反旗軍通訊班，剛才將通往目的地的路線告訴我了。他叫我們直接往前開。』

「為什麼？」

『淪為廢墟的大樓群裡，有聖靈族的巢穴。但最重要的聖靈族不在裡面。聽說在兩年前左右遷移到其他場所了。』

「……只是空殼嗎？」

與候鳥的大遷徙類似。

他知道聖靈族習慣以十幾年為單位頻繁更換棲息地。原因則不清楚。

「不過啊，哨兵可能還留著喔？」

『頂多幾隻的樣子。萬一遭遇哨兵，悠倫人類反旗軍委託我們予以迎擊。簡單地說，我們在受到歡迎的同時，也在接受考驗。』

僅僅數隻聖靈族。

面對這點程度的敵人就會陷入苦戰的話，根本稱不上戰力。

『對我們來說正好。與聖靈族全面開戰前，在這邊累積戰鬥經驗是有意義的。』

「所以才要直線前進嗎……」

地平線的盡頭，出現肉眼可見的都市影子。

在荒野強烈的陽光下，那異常的景色映入凱伊眼中。

——光輝燦爛的廢墟。

鋼鐵大樓被綻放光芒的苔蘚狀物體覆蓋住。

蜘蛛絲？菌絲？

宛如會發光的藝術品。曾經是人類都市的建築物，成了異樣的「巢穴」。

……惡魔族奪走人類的都市，直接拿來使用。

……蠻神族並未住進人類的都市，而是想用森林將其掩埋。

聖靈族的支配則不一樣。

他們讓曾經是人類都市的大樓群，變化成截然不同的存在。究竟是什麼樣的生態，才有辦法創造出這樣的巢穴？

「唔喔，好噁心！看起來像整棟大樓都長滿青苔……」

「阿修蘭，稍微往右邊繞一下。沒必要從那座廢墟正中央通過。盡量繞到都市邊緣。」

化為聖靈族巢穴的廢墟。

阿修蘭加快速度，以盡快離開這令人毛骨悚然的大樓群。

「鈴娜，為求保險起見，我問一下，妳跟聖靈族戰鬥過嗎？」

「嗯──有過幾次？可是我討厭聖靈族，因為我不知道他們在想什麼。」

「……畢竟他們應該不是可以溝通的對象。」

黏稠生物（史萊姆）。幽靈（Ghost）。發光體（Lantern）。

包含人類在內的五種族中，唯一不說人話的種族。理由很單純，因為他們疑似不具備理解人話的智慧。

因此無法溝通。

一旦遭遇，便會戰鬥到其中一方耗盡力氣為止。

「聖靈族擅長潛行。隱藏身姿、遮斷聲音以及氣息接近目標……或許咱們的車也早就被盯上了。」

「別講這種話啦，蕾蓮！」

莎琪大聲尖叫，珍惜地握緊手榴彈，彷彿把它當成護身符。

——槍對聖靈族不管用。

黏稠生物的肉體就算被子彈貫穿，也會立即修復，幽靈及發光體則會直接穿過去。只能用火燃燒，或是靠爆炸將他們炸到無法重生。

『各個種族的抗性都有不同，對應起來實在是相當麻煩。』

『不過，也有能夠忽視這些抗性，對所有種族造成傷害的萬能法術，那就是「爆碎」。』

莎琪慎重地抱著手榴彈的模樣，讓凱伊腦內浮現冥帝說過的話。

當時——

他萬萬沒想到，自己會有造訪聖靈族地盤的一天。

「好，穿過都市了。」

「……啊——太好了。人家還以為自己會減壽。」

凱伊他們的車輛穿過大樓群。

跟在後頭的第二、第三輛車也接連脫離聖靈族的巢穴，沒有敵人來襲的跡象。

「貞德，妳那邊狀況如何？」

『我們也平安通過了。真不巧，無法回應悠倫人類反旗軍的期待。』

通訊機另一端傳來指揮官的苦笑。

『全車繼續直線前進。以悠倫人類反旗軍的總部為目的地。當地指揮官為人稱「獅子王」的名將——巴爾蒙克閣下。望諸位多加留意，萬萬不可失禮。』

2

荒野要塞露因・茲・芙拉姆。

紅磚之城。

過去在悠倫聯邦的王位爭奪戰中敗退的一族，從王都逃至此地居住。這座要塞正是敗給聖靈族侵略的人類最後希望——

悠倫人類反旗軍的總部。

「歡迎來到悠倫人類反旗軍。我等在此對遠道而來的貴軍表示歡迎！」

數百名傭兵成群列隊——

留著讓人聯想到獅子的金髮及鬍鬚的魁梧男子，豪邁地高聲說道。

是一名比壯碩部下還高出一個頭的高大壯漢。儘管他擁有小孩子抬頭一看可能會嚇哭的凶悍面容，嘹亮的聲音卻不會讓人覺得他很難相處。

獅子王巴爾蒙克。

……與皇帝但丁截然不同。

……身體這麼壯，表情又嚴肅，跟他面對面卻幾乎不會有壓力。

在凱伊面前。

靈光騎士貞德走上前，用力和獅子王巴爾蒙克握手。

「貞德閣下，有勞諸位長途跋涉而來。閣下的豐功偉業甚至傳到了這片邊境。請閣下助我等一臂之力。」

「初次見面，巴爾蒙克閣下。感謝諸位的歡迎。」

跟高大的獅子王巴爾蒙克比起來，男裝指揮官貞德儼然是個孩子。兩人的體格差距跟成人與兒童沒兩樣，獅子王卻毫無嘲笑這一點的意思。

「巴爾蒙克閣下，要直接召開會議嗎？」

「我是很想，但貴軍經歷如此漫長的旅途，應該需要休息吧。還得檢查車輛。我派我麾下的整備班幫忙。」

巴爾蒙克指向要塞的入口。

「貞德閣下請隨我到辦公室。不是要開作戰會議，只是簡單聊幾句而已。」

「為何？」

「我聽說了閣下擊敗惡魔的英雄，還讓蠻神族服從的好消息，想請你務必和我聊聊。我想將詳情傳達給悠倫聯邦的七個人類特區。」

「原來如此，我很樂意。」

獅子王巴爾蒙克邁開大步，貞德走在他旁邊。

「……跟伊歐(但丁)差真多。看起來是個正常的指揮官。」

「對呀。皇帝感覺像是個愛耍小聰明的國王，這邊的則是傭兵老大。雖然長相有點嚇人就是了。」

阿修蘭與莎琪竊竊私語著。

後面的精靈巫女蕾蓮則在鼓著頰小聲抱怨「說蠻神(咱們)族服從了？哈，開什麼玩笑。僅僅是休戰罷了」。

「欸，凱伊？」

鈴娜揪住凱伊右手的袖子。

「貞咪走掉了耶，那我們呢？」

「哦，這個嘛……我想想。」

「今天就此解散。我會陪在貞德大人身邊，你們先休息吧。」

花琳跟在貞德後面，在與凱伊擦身而過時悄聲說道。

「這邊的指揮官值得信任。跟皇帝（但丁）不一樣。」

「難不成你們認識嗎？」

「差不多有一年的交情。只是在傭兵修行時在他手下待過而已。」

這抹笑容頗有深意。

女護衛輕描淡寫地留下這句話，消失在城內。

3

人類特區露因．茲．庫因。

搭乘昇降機，在堅硬的岩盤中下到露因．茲．芙拉姆要塞地下三十公尺處，便能抵達悠倫聯邦最大的地下都市。

將都市蓋在鐵路遺跡的手法，跟烏爾札聯邦的新維夏一樣，不同之處在於規模。

新維夏頂多就是條商店街。

露因．茲．庫因則可以說是將悠倫聯邦王都以前的街景，直接照搬過來。

利用遼闊的荒野進行風力、太陽能發電，以提供各生產工廠運作。

主要目的在於——

澈底防衛露因・茲・芙拉姆要塞。

「有指揮官閣下（巴爾蒙克）在，才有我們人民。」

人類特區露因・茲・庫因，北側區域——

在古書堆積如山的書齋兼醫務室，醫院的老院長熟練地為凱伊解開繃帶。

「聖靈族是來歷不明的存在。棲息在人類的廢墟中築巢。本以為他們會以此為據點，數年後卻將那座巢穴棄置不管，大量遷徙。」

「……拋棄自己的領土？」

「有時目的地會是人類（我們）的避難所。拋棄領土，卻又跑去掠奪新的領土。簡直像一大群蝗蟲。」

沾到血與沙塵的繃帶拆下來後。

「……唉唷。」

老醫生瞪大鏡片底下的雙眼，直盯著凱伊那被巨獸（貝西摩斯）之牙咬下一塊肉的左肩的傷。

「肩膀的肉沒了。年輕人，你也真能忍。連消毒都會痛得跟火燒一樣吧。」

「幸運的是我有帶止痛藥。」

「傻瓜。這可不是那種小傷。幸好沒化膿……」

老人接著凝視凱伊的臉。

「你看起來不像這麼魯莽的個性。人不可貌相啊。」

「……有人說過我性格頑固。」

「我在這幫傭兵看了四十年的病，從沒見過這麼慘的傷口。與聖靈族交戰，應該不至於受這種傷才對。」

「是被有點大隻的野獸咬的……」

「被咬？意思是，你肩上的傷是齒痕嗎！」

老醫生停下重新綁好繃帶的手。

「齒痕這麼巨大的野獸？不會是遇到龍了吧。」

「類似。」

「…………」

老醫生無言以對。

若是傭兵或一般人，他可能會回答「別開玩笑了」一笑置之，但這名老醫生卻從凱伊肩上的齒痕，推算出那隻怪物有多麼龐大。

「你就兩條路可走，要嘛早死，要嘛成為像巴爾蒙克閣下一樣的勇士……好，治療完畢。我開個強效止痛藥給你。」

「我可以拿槍了嗎？」

「不建議。這段時間盡量別用到左手。反正止痛藥發揮藥效的期間，你手也使不出力。」

傷腦筋。

儘管沒表現在臉上，凱伊心裡是這麼想的。貞德和烏爾札人類反抗軍，之後想必會前去與聖靈族開戰。

萬一他得在一隻手不能動的狀態下，跟聖靈族的英雄戰鬥……

「怎麼了？」

「想點事情而已。我會努力靠一隻手撐過去。為了活下來。」

不跟守護人類特區的傭兵收錢——

凱伊向堅持不收取治療費的老醫生低頭道謝，離開診療所。

公營會館。

悠倫聯邦的七個人類特區都有傭兵駐紮，每個月會到露因．茲．芙拉姆要塞集合一次，召開大規模作戰會議。

這裡是那些傭兵利用的旅館。

「好厲害。這間旅館是給傭兵用的，所以連拿來開會的會議室都有，也能出借保養槍枝的道具對不對？」

「而且整棟都被烏爾札人類（我們）反旗軍包下了。這麼盛大的歡迎反而讓人害怕。」

莎琪和阿修蘭正在將軍用車上的行李搬進來。

凱伊看著前方的兩人抱著一堆東西，於走廊上前進——

「嗯？」

聽見自己分到的房間，傳出十分有精神的交談聲。

「完成！」

「欸欸，真的沒問題嗎？好臭喔……」

「放心交給老身吧。不然汝試試味道？」

「算了，不要。」

是鈴娜跟蕾蓮吧。

他請兩人在他看醫生的期間，幫忙搬行李進來，門後的交談聲卻異常熱鬧。

「喂，鈴娜？蕾蓮？……呃，這什麼味道！」

刺鼻的異臭。

彷彿是將煉乳濃縮而成的甜膩氣味，以及一旦吸入，身體便會直接把它從肺部咳出來的腐臭味，混雜成一股怪味，襲向打開房門的凱伊。

「把窗戶打開。得換氣——」

「說什麼傻話。老身只是做了靈藥。瞧。」

精靈巫女自豪地搖晃燒瓶。

凱伊將鼻子湊近不停冒泡的粉紅色液體，瀰漫屋內的臭味變得更加濃烈。

「有夠臭的耶，這就是精靈的靈藥……？」

在森林中生活的矮人及精靈，會將各式各樣的樹果及樹葉等生藥組合在一起，製成具有神祕力量的靈藥。

——一滴治萬病的藥水。

——馴服所有森林野獸的酒。

蕾蓮手裡的也是靈藥（那個）嗎？

憑凱伊的嗅覺，只覺得那股味道像廚餘榨成的汁。

「以人類的技術，沒辦法對汝的傷口做出有效處置對吧？」

蕾蓮抬頭看著他肩膀上的繃帶。

「但要是汝得用那副身軀與聖靈族交手，可就傷腦筋了。因此老身才想破例為汝調製半天即可治好那傷口的靈藥。」

「半天！」

「嗯。今晚把它喝下去，明天會消失得不留一絲痕跡。」

「聽了妳剛才說的話，我反而不想嘗試了……」

「別客氣，謝禮幫老身捶兩千下肩膀就行。」

「妳是老人嗎！……好吧，妳的年紀確實比人類的老人還大。」

凱伊從蕾蓮手中接過燒瓶，仔細觀察裡面的液體。

粉紅色液體。沒用火燒卻在冒泡。以及這股可能會引發異臭騷動的味道。

可疑到了這個地步，已經不知道該從何說起。

「這個粉紅色是怎麼來的？」

「噢，那是最後加入的冬仙花果實。煎了後喝下，會大幅提高身體的代謝功能——本想這麼說，這種草連在精靈森林裡，都只能於深處發現，因此這次老身用了其他東西取代。」

「咦？可是這裡是人類的城市耶。有東西能代替嗎？」

對蠻神族蕾蓮而言，此地可謂敵對種族的巢穴。

難以想像非得要凱伊陪同才肯外出的精靈巫女，在街上走動的模樣。

「老身拜託鈴娜弄來的。」

「鈴娜？她在市場找到替代用的天然藥材了？」

經她這麼一說。

鈴娜手上拎著小小的購物用塑膠袋。

「那個，這個平胸精靈說冬仙花的果實是紅色的，小小顆，所以我就找了看起來能代替的果實。」

「妳買了什麼？」

「草莓。」

「不行吧！」

光看這個替代品就知道一定失敗，試都不用試。

「原來這股甜味是草莓的味道……」

「來，凱伊。別像隻膽小的狗在那邊聞，鼓起勇氣喝下去。人類喝到精靈靈藥的機會，不會再有了。」

「要我喝這麼燙的東西？喉嚨會燙傷吧，精靈喝的時候會怎麼做？先放涼嗎？」

「不知道。」

「什麼？」

精靈巫女正經地回答，凱伊的腦袋瞬間變得一片空白。

「老身也是第一次做出這麼燙的靈藥。大概是哪個步驟搞錯了。」

「果然做錯了！」

「好了好了，別介意，一口喝了它。」

蕾蓮將裝著可疑靈藥的燒瓶塞給凱伊。

「……那妳先試喝一口。沒問題我再喝。」

「行。看好了。」

精靈接過燒瓶，直接對著瓶口喝。喉嚨發出咕嘟一聲，乾脆地喝了口。

「瞧。氣味雖然有點重，味道倒是十分清爽。」

「哦?真的耶。」

「…………」

「蕾蓮?」

「——噗呃!」

「吐血了!果然是失敗作品。喂,蕾蓮,振作點!」

精靈發出淒厲的慘叫聲倒下。

——幸好我沒喝。

凱伊撫摸著她的背,鬆了口氣。

4

地下都市的「夜晚」。

上到地面,想必能看見舉目所視的荒野皆染上淡墨色。被夜風吹散的雲朵,以及從縫隙間露出的星座。

然而……

——這裡空無一物。

露因・茲・芙拉姆要塞的地下三十公尺處，只會關閉掛在隧道頂端的燈。

開了燈就是早上，關了燈就是夜晚。

……雖然我在新維夏也體驗過。

……在烏爾札以外的聯邦，果然也一樣啊。

陌生的「夜晚」概念。

讓凱伊出乎意料的是，精靈巫女蕾蓮理應比其他人更加習慣自然的夜晚，卻沒有對這個狀況多說什麼，睡得十分熟。

這輩子第一次離開精靈森林，果然讓她的精神累積了不少疲勞吧。

凱伊的房間裡放著三張床。

蕾蓮在最裡面的那張床上蜷起身子，沉沉睡去。七件式和服脫下來了，現在穿在身上的是輕薄的睡衣。是件緊密貼合身體，卻長及腳踝的連身裙。

「……鈴娜，妳最好也快點睡覺。」

「我在睡呀？」

中間那張床上。

凱伊仰躺在小到勉強可供一名成人睡的簡易床鋪上，鈴娜則靠在他旁邊。

維持快要碰到他纏著繃帶的左肩的距離。

「回妳的床上睡……」

「不要。」

少女的雙臂輕輕撫上他左手的手肘附近。

「都是因為我，你才會受這麼重的傷。所以我要保護你。在你傷口痊癒前，我絕對不會從你身邊離開。」

「鈴娜……」

「痊癒後也不會離開就是了。」

「結果跟平常一樣！」

鈴娜無論如何都不肯放開凱伊。

本來她已經習慣現在的生活，只要在同一個房間，就算得分床，她也會乖乖睡覺。今晚她卻不想跟凱伊分開來睡。

「蕾蓮的藥第二次成功做好了。明天就沒事了啦。」

「……那個平胸精靈的藥很苦耶？」

「俗話說良藥苦口。」

第一次調製失敗的靈藥，第二次就成功了。

調製者蕾蓮先嘗了一口檢查，鈴娜接著試味道，最後再由凱伊喝下去。

……雖然我沒感覺到傷口的癒合速度變快。

……聽說精靈的藥有效到人類喝下去會返老還童。

效果太強，對身體造成的負擔也大。靈藥本身帶有精靈的法力，因此也可能對人類造成意想不到的副作用。

會產生什麼樣的影響，全看人類（凱伊）自己。

可能減壽，也可能延長壽命。

「是說鈴娜，妳不是一直嫌睡在帳篷的睡袋裡很擠……」

「是很擠呀。」

「那——」

「凱伊，你覺得我是怎麼看你的？」

這句話太過直接。

即將說出口的話語，哽在凱伊的喉間。不是因為這句話的內容。

而是因為黑暗中。

鈴娜亮起微光的眼眸，清澈得令人生畏。盯著它看，彷彿會被那對海色眸子吸進去。

「…………」

趴在床上的少女用手肘撐起上半身。

只穿著一件輕薄的睡衣。

「……好奇怪。有種不可思議的心情。」

「咦？」

「跟凱伊在一起非常開心。我很喜歡。本來覺得只有我單方面這麼想就足夠了，可是我……」

少女陷入沉默。

她抿起小嘴，低頭凝視凱伊。

「我在想，怎麼樣才能讓凱伊更喜歡我。」

「…………」

想待在凱伊身邊，碰觸他，希望他更了解自己。

少女動搖的眼神，傳達出這樣的訊息。

「不行嗎？」

沒有不行。他也不排斥。

凱伊很高興鈴娜對自己抱持好感，也不打算背叛她的心意。

不過——

「好……我就直說了，我只是不習慣而已。不如說，我也不習慣說明這種事。」

「不習慣什麼？」

「像妳這樣的女生睡在這麼近的地方。我在正史生活時是住男生宿舍，一直跟阿修蘭住在雙人房。莎琪跟貞德在女生宿舍，睡覺的地方完全不一樣。」

「…………」

鈴娜面露疑惑，歪過頭問：

「凱伊喜歡阿修蘭嗎？」

「……呃，不是，男女分頭行動只是基於規範。」

「為什麼？」

「這個問題非常深奧，有機會再說。總之，我排斥跟妳一起睡不是因為討厭，只是不習慣。妳第一次來到人類都市的時候，也不太習慣對吧？」

「……嗯。」

「這樣妳懂了嗎？」

「懂了。」

鈴娜立刻點頭，乾脆得令人錯愕。

聽見她的回答，凱伊鬆了口氣，然而過沒多久。

「那我來幫你訓練。」

「……什麼？」

「耶──抓到了！」

鈴娜像隻正在捕捉獵物的肉食動物，雙手環上凱伊的身體抱住他。

「原來凱伊不敢跟女生一起睡，我都不知道。不過別擔心，我來鍛鍊你。我會比之前更常陪你一起睡覺！」

「我不是那個意思！呃，鈴娜，別碰我肩膀。好痛，妳抱得我好痛！」

「咦？你說什麼？我聽不見——」

凱伊拚命抵抗，試圖甩開鈴娜——

「安靜點行不行！」

精靈的怒吼，令兩人瞬間停止動作。

「晚上要保持安靜。靜下心來，讓身體休息，一面感謝今天一天平安地度過。汝等連這點小事都不明白嗎！」

「……是。」

「……知道了啦。」

「知道就好。」

蕾蓮睡眼惺忪地點點頭，表情顯得莫名滿足。本以為她會回自己的床上睡，不知為何，蕾蓮竟然走向凱伊的床。

「好。老身要睡了。」

「哪裡好！這是我的床！」

「————呼……」

「難道剛才那些全是夢話……？」

「啊！喂，那邊那個平胸精靈，讓開讓開！只有我可以黏著凱伊！」

精靈占據了床邊的位子，鈴娜見狀，氣得豎起眉頭。

被兩人從左右包夾。

「……好懷念在正史跟阿修蘭同房的時候。」

凱伊發自內心深深嘆息。

5

露因·茲·芙拉姆要塞——

城牆周圍用三層土牆及護城河圍住，敵人來襲時在護城河內放火，可以用火焰籠罩整座城塞，藉此防禦。

「劍或槍械之類的武器對聖靈族不管用，我想烏爾札聯邦的人應該也聽過這個知識。他們的身體是『霧』，是『光』，是『黏液』！」

要塞五樓——主會議室。

獅子王巴爾蒙克強而有力的聲音於室內迴盪。

「那些傢伙的弱點在於，身上有作為核心的法力器官。理論上來說，劍或槍械也有辦法打倒他們，不過連熟練的狙擊手都未必射得中。畢竟每隻個體的核位置都不一樣。」

想射中核心，需要奇蹟般的運氣。

說到槍械不管用的敵對種族，以擁有堅固鱗片，能將子彈彈開的幻獸族為首，不過在另一種意義上，沒有比聖靈族更加棘手的。

「有效的是各種火器。用火焰或炸彈將他們的身體連同核心燒燬最省事。像這個。」

「喀」一聲，巴爾蒙克將榴彈槍扔到桌上。

單手就能把照理說該用雙手拿的大型槍扔出去，其腕力可以說正符合獅子王這個稱號。

「裡面裝的是燒夷彈。靠在牆壁上的是火焰噴射器。在我們的陣營，連戰車砲彈都是火力加強版。」

「原來如此，我們則是以機關槍為主力……」

「提供給貴軍的武器當然也籌備好了。我們向武器工廠下了訂單，工匠們正在連夜大量生產。」

「真是無微不至。多謝了，巴爾蒙克閣下。」

「嗯。我要說的就這些。在正式執行作戰計畫前，得先讓各位了解悠倫(我國)聯邦的狀況，以及聖靈族的生態才行。」

獅子王嚴肅地對貞德點頭，環視在場的所有人。

主會議室。

桌椅在過去國王用來舉辦晚宴的大廳一字排開，在場的有貞德及其部下。巴爾蒙克及其部下。

隊長級齊聚一堂，今天早上是來讓大家打個照面的。

……還有我。

……希望鈴娜跟蕾蓮盡量安分點。

兩人異口同聲地表示不想待在人多的會議室，現在應該跑到要塞外面的荒野散步了。

「貞德閣下請留在這，剩下的人去準備共同演習。解散。」

部下們同時起身。

強壯的傭兵紛紛走出會議室，眼中寄宿著強烈的責任感。每個人都胸懷鬥志，以回應指揮官巴爾蒙克的指揮。

……貞德雖然也深得部下的傾慕。

……怎麼說呢，這邊的指揮官像是受到傭兵崇拜的傭兵前輩。

獅子王巴爾蒙克。

凱伊不記得自己在正史聽過他的名字。應該是跟貞德一樣，在這個別史世界對抗人類面臨的苦境，展露頭角的男人。

那名男子的雙眼——

「久等了。」

望向坐在會議室最後方的凱伊。

「昨天我招待貞德閣下到我房間，聽她說過了。起初我只是想小聊個一兩小時，結果不小心聊得太開心。我們差不多聊了五小時左右吧？」

「是七小時。」

花琳神情嚴肅地插嘴。

「如各位所見。這名指揮官長相的凶惡程度是悠倫第一，內心卻是個少女。聊天會聊到忘記時間，興趣還是烹飪。聽說空閒時間他會召集部下，親手做菜給他們吃——」

「花琳。」

「噢，失禮了。」

女戰士別過頭敷衍了事，毫無反省之意，留著鬍鬚的壯漢傻眼地雙臂環胸。不過，他似乎不打算訂正剛才那番話。

「聽了貞德閣下的經歷，我最在意的是某個特定人名出現得十分頻繁。沒錯吧，貞德閣下？」

「……嗯，大概出現了三四次。」

「根據我的紀錄，是二十八次。」

獅子王翻開用整齊字跡寫下紀錄的筆記本。

一面重看記錄了長達七小時的對話，近三十頁的筆記。

「我就坦白說了。這話我也和貞德閣下說過，烏爾札聯邦在惡魔族的支配下，處境只能以絕望形容。」

「…………」

「除了世界四大聯邦外還有幾座小國，其中人類最先滅絕的地區，搞不好就是烏爾札。我已做好這樣的覺悟。這是透過惡魔的支配區域，以及人類反旗軍整體勢力得出的推論。」

貞德、花琳都沉默不語。

獅子王巴爾蒙克看都不看兩人一眼，視線始終落在凱伊身上。

「顛覆那樣的狀況，打倒惡魔英雄，瞬間轉守為攻。說到勝利的理由，貞德閣下經常提到你的名字。」

巴爾蒙克往旁邊瞄了眼。

他看的是靠在凱伊座位旁邊的黑色槍刀。

「跟我聽說的一樣，是把奇特的武器。槍刀……就我看來，這是頗為古老的武器，方便讓我碰嗎？」

凱伊默默點頭，巴爾蒙克指揮官當著他的面握住亞龍爪。

他謹慎地確認裡面沒裝子彈後，緊盯著槍身上的兩個扳機。

「普通的子彈。另一個是配合斬擊點燃火藥？」

「是的，如您所說。」

一眼就看穿了亞龍爪的機關——

不愧是道地的傭兵。竟然隨口分析著堪稱不存在於這個世界的「未來型」槍刀。

「原來如此，真是洗練的構造。」

獅子王豪邁地大笑。

「我也構思過類似的武器，叫人實際做出來，這東西卻比它進步兩個世代。加厚刀身，以讓它擁有足以承受爆炸的堅韌度……哦，這樣應該能用我軍的技術重現……不對，重量部分還有問題…………」

他單手拎起亞龍爪。

另一隻手則摸著鬍鬚，陷入足足有一分鐘以上的沉思。

「貞德閣下說的沒錯，這把武器用到的技術，似乎真的連當了那麼多年傭兵的我都看不出來。因此我也想仔細問問你。」

「這——」

「你的來歷我不會過問。因為傭兵之中到處都是做過虧心事的傢伙，我們的兵力可沒餘裕到能讓我挑三揀四。」

黑色槍刀指向凱伊的胸口。

從巴爾蒙克意味深長的語氣判斷。

……是這個意思嗎？

……貞德已經跟他說過我和鈴娜是從哪裡來的。

應該是在聊到打倒惡魔英雄的事蹟時提及。

而人類反抗軍的指揮官，當然不可能那麼容易就相信。

那麼該如何取得他的信賴？

最簡單的方法就是，讓他親眼看見凱伊是從名為正史的世界而來的證據。

「所以你才跟我借亞龍爪看？」

「在我心中的可信度頂多只有百分之二十。不過，我承認這把槍刀是最起碼的證據。因為擊敗惡魔英雄這種事，沒有特殊要因根本辦不到。」

巴爾蒙克尷尬的表情，是在坦率地表現出「我還無法完全相信」的意思吧。

「於是，我拜託貞德閣下讓我跟你本人交談。」

「我明白了。那麼，我該從何說起？」

「那些傢伙（聖靈族）的事。」

他抬起下巴，指向桌上那疊頗具分量的資料。

開會時凱伊也看過，那是悠倫人類反旗軍過去三十年來的交戰紀錄及其考察。

「五種族大戰結束了，代表聖靈族也被人打倒了對吧？」

「是。」

「既然如此，回答我。他們的弱點是什麼？殲滅聖靈族所需的軍備及兵力，還有那些傢伙的生態，把你知道的情報統統告訴我。」

極為直接。

「在我所知道的歷史？」

「沒錯。」

「從結論來說，我認為軍備的方向性沒有問題。我的亞龍爪是泛用型，也就是對四種族都有效的設計。聖靈族當然也包含在內。」

「靠那個兩段式的火藥嗎？」

「對。用『火』對付聖靈族，這一點沒有錯。還有一個是，找不到他們出現在寒冷地帶的紀錄，推測他們也會怕『寒氣』。」

「這裡是溫帶，沒法用這招。」

「是的。」

從戰鬥紀錄來看，聖靈族在悠倫聯邦的襲擊活動，這一年來並沒有太大的變化。以這塊地區冬天的寒意，無法影響聖靈族活動。

「接著是兵力。這個不太有參考價值。」

「理由是？」

「因為烏爾札聯邦的前例。我認為人類跟聖靈族的戰鬥，要看能否打倒聖靈族的英雄。」

正史世界亦然。

據說先知希德打倒了靈元首六元鏡光，為種族間的衝突畫下休止符。

『我僅僅是傳達預言的存在。』

『如今的我所能做的，只有回應人類(你們)的需求，給予微小的言靈。跟過去對希德所做的一樣。』

然而——

給予希德預言的對象真的存在於歷史的幕後，這是連凱伊都想不到的事實。

……不，現在別想那件事了。

……除非他親眼看到「實物(那東西)」，否則根本不可能相信。

「我就直接問了，有辦法打倒那隻怪物嗎？」

「靈元首六元鏡光在我看過的紀錄中，以『原生生物的究極形』形容。」

凶惡的黏稠生物。

疑似擁有聖靈族共同具備的核心，卻因為細胞層過厚，子彈穿不過去。用劍砍也只會被黏液狀身體包覆住。

——槍械不管用。刀劍也不管用。

——用炸藥炸得粉碎，也會立刻凝聚起來復活。

尺寸可以從人體的大小，變化成足以覆蓋整棟大樓。

「用火燒燬六元鏡光的細胞後，破壞毫無防備的核心。但最大的問題在於……」

「火力不足。昨天，我們也得出了同樣的結論。」

貞德靠在牆上。

銀髮指揮官抬頭凝視著天花板沉思。

「巴爾蒙克閣下也有命令地下的生產工廠開發大型兵器。但最近才終於進入實驗階段。大量生產需要時間，而且還不知道對高階的聖靈族有無效果。」

「嗯，實際上難度相當高。對高階聖靈族管用的大型火器，沒那麼容易做出來。」

正史的人類也拿聖靈族沒轍。

儘管因為先知希德打倒靈元首六元鏡光的關係，戰況一口氣逆轉了，但在此之前人類應該都只能趨於守勢。

只不過——

紀錄顯示，數條戰線成功抵擋住聖靈族的侵略。

……一般的火力沒辦法澈底打倒高階聖靈族。

……用來彌補火力不足而制定的計畫，記得是…………

「巴爾蒙克指揮官，你試過用陷阱嗎？」

「陷阱？」

獅子王神情嚴肅，回問凱伊。

「你是說設置複數燒夷彈，彌補火力不足的問題嗎？理論上行得通，不過聖靈族（那些傢伙）神出鬼沒。無法確定出沒地點，所以就算想用陷阱，也不知道該設置在何處。大量的火器集中在一起風險又太大，划不來。」

「我說的不是設置型，而是誘導型的陷阱。」

等待敵人上門的是「設置型」，例如地雷或機雷。

凱伊想像的陷阱則是以吸引聖靈族為主要目標。

「這裡好像只有收錄戰鬥紀錄。」

他翻開厚厚一疊資料。

「聖靈族具有會被強光或能量吸引而來的特性。至少有好幾個紀錄顯示出這個跡象。」

「……講詳細一點。」

「我看過發生燒燬整座都市的重大火災時，大量聖靈族聚集而來的報告。跟飛蟻和蛇一樣，大多數的聖靈族都是靠熱感知來尋找敵人。」

聖靈族的肉體是「光」、「霧」、「黏液」。

沒有眼睛、耳朵等複雜的器官，只有用以提供力量的法力器官作為核心存在。因此法力器官負責偵測力量（能量）——人類是這麼推測的。

「傷腦筋。」

悠倫人類反旗軍的指揮官低聲回應。

「光憑他們會在發生重大火災時聚集過來，根據不足。我是指揮官。既然要叫部下賭上性命，我的責任就是讓那個根據變得有可信度。」

「推測這一點也是那些傢伙（聖靈族）遷移巢穴的原因之一。」

「哦？」

「剛才提到的習性可以解釋為何他們在人類居住過的廢墟大樓築巢，卻會突然遷移到其他地方。聖靈族被火和光吸引，選擇拿那個地方當巢穴。可是隨著時間經過，廢墟的熱度也逐漸降低——」

「原來如此。他們會往強烈的光源或熱源移動。」

獅子王瞇起眼睛。

他應該想到了。「強烈的光源或熱源」，除了人類用來藏身的人類特區外，別無他選。

聖靈族偵測得到光能與熱能——

人類特區遭到襲擊的理由，也能用這個道理解釋。

「越過西北部的山，好像有座被聖靈族當成巢穴的廢墟。」

花琳走上前。

她走到主會議室的議長席，指向貼在牆上的聯邦地圖。

被聖靈族支配的區域，塗成了灰色。

「離這座要塞最近的巢穴在這。巴爾蒙克指揮官，要不要試試看設個陷阱？」

「不是誘蛾燈，而是誘靈燈嗎？」

巴爾蒙克凝視聯邦地圖。

「……值得考慮。若有辦法靠人力引誘那些傢伙（聖靈族），就能制定集中我軍所有火器之火力的戰術。」

「不，巴爾蒙克閣下。」

靈光騎士貞德把手放到桌上，口齒清晰地宣言。

「別考慮了，直接放手去做吧。」

Intermission

Chapter:

可能？·不可能？

Phy Sew lu, ele tis Es feo r-delis uc I.

世界大陸南部。

伊歐聯邦國境的山峰中，有道被聖靈族奉為聖地的瀑布。

祕境「格雷夏魯・弗爾大瀑布」。

大量的聖靈族棲息於此處，當成侵略人類都市的據點。

過去數十年間，悠倫人類反旗軍一直在試圖反擊，卻屢次遭到迎擊，被迫撤退。

而這片聖靈族的支配地區——

被燒燬了。

支撐大瀑布的岩山像岩漿似的融解，沿著斜面流下，發出巨響傾瀉而下的瀑布接觸到熊熊烈火，也轉變成白色蒸氣。

一隻獸人。

人類派出上萬大軍都無法攻進的聖靈族住處，如今卻遭到僅僅一隻幻獸族的蹂躪。

「炸成了這麼多塊啊，六元鏡光。」

一隻獸人。

毛皮讓人聯想到烈火的獸人，滿意地環視周遭。水與火。以火星及濺起無數水花的瀑布為背景──

「一……二……」

他伸出手指，一個個計算。

對象是黏在獸人身周地面上的深藍黏液群。用動物來譬喻，就是四散的肉片。

曾經是聖靈族英雄的黏液群。

沒有比「體無完膚」更能形容這個狀況的詞彙。藍色黏液群在地上蠕動，試圖重新結合在一起。

接著──

於上空翱翔的火龍的吐息，將其蒸發得不留一絲痕跡。

「四百七十……這樣就四百七十一了？」

最後一片。

獸人──牙皇拉蘇耶撿起殘留在腳下的黏液。

發出「滋」的灼燒聲。

連最後的黏液都像融化似的，在拉蘇耶的掌心逐漸消失。拉蘇耶笑著看到最後一刻。可是。

「……怎麼這麼少？」

豹變。

嘴角露出利牙，真紅獸人不屑地笑了。

「讓全身爆炸，使氣味擴散開來。干擾我的嗅覺，妨礙我追蹤，趁這段期間讓核心逃走。可能？不可能？……哎呀，傷腦筋。短短一瞬間，竟然有辦法想那麼多。」

他回頭望向大瀑布。

燃燒著的瀑布，流向遙遠下方大溼原中的大河。而那條大河通往悠倫聯邦西部的「某個場所」。

「難道是去那裡了？」

幻獸族英雄兼該種族的頂點。

牙皇拉蘇耶的獨白並未停歇。彷彿在跟自己對話。

「莫非被發現了？……奇怪。就算是四英雄，也不可能發現那個。你怎麼想？」

他愛憐地撫摸站在旁邊的異形怪物。

切除器官——

明顯與幻獸族截然不同的異族。

「變更計畫吧。本來想直接把這座聯邦攻下的，不過我要回去了。為了以防萬一，你在『那個地方』待命。」

切除器官沉入地底。

真紅獸人看著這一幕——

「消失了？還是還活著？原來如此，六元鏡光，竟敢害我費那麼多工夫。不愧是聖靈族的賢者，比想像中更棘手。」

也跟著憑空消失。

1

露因・茲・芙拉姆要塞。

二十輛軍用車從城牆朝聯邦西部出發。集合了烏爾札及悠倫人類抵抗軍的混合部隊——總共上百人。

『這裡是臨時總指揮官巴爾蒙克。烏爾札人類反旗軍的各位，在本作戰中，我將代替貞德指揮官，背負諸位的性命！』

來自帶頭車的全體廣播。

獅子王巴爾蒙克豪邁的聲音，大聲地在凱伊搭乘的車輛中迴盪。

「好吵！」

蕾蓮忍不住哀嚎。對於聽覺比人類敏銳好幾倍的精靈而言，獅子王宏亮的聲音似乎太大聲了。

「凱伊，這人聲音怎麼這麼大？叫他小聲點！」

「通訊機的音量已經調到最小了……」

畢竟本人的身材如此魁梧。

在沒有手持通訊機的戰場上，單憑自己原本的聲音隊部下下令——這是優秀的指揮官才能之一。

『前天也跟各位提過，這趟遠征的目的並非戰鬥，而是要調查對聖靈族設下的陷阱有無效果。』

誘捕燈——利用人為光芒吸引聖靈族。

不存在眼睛、鼻子等器官的聖靈族，會靠唯一的器官——法力器官偵測光與熱，朝那個方向移動。

他們之所以偵測得到人類的藏身處，推測也是基於趨光性。

因此——

這次是利用其習性進行的小規模實驗。

『向烏爾札人類反旗軍的各位做最後一次說明。我們即將穿過荒野，以前方的都市為目的地。但那地區在數十年前遭到侵略，如今已化為廢墟。聖靈族疑似將其當成巢穴之一，於該處繁殖。』

陷阱的設置數量為九。

分別設置在離聖靈族巢穴一公里、十公里、二十公里處的平原。再將光線與熱度分為強中弱三個等級，總共九個。

……聖靈族最喜歡的光線和熱度有多強？他們能夠偵測到多遠的距離？

……我也還不知道。

在正史的五種族大戰中，使用過這種誘捕燈。至於光線有多強之類的詳細情況，連凱伊都沒調查過。

「欸，凱伊，我有股不祥的預感耶。」

阿修蘭手握方向盤。

駕駛著悠倫人類法旗軍的軍用車，開在沒有鋪路的道路上。

「這是用來吸引聖靈族的實驗對吧？這次因為時間太趕，來不及準備太多火藥。應該不可能將他們一網打盡。」

「我想也是。」

「萬一聖靈族學會了那是陷阱怎麼辦？下次就算設置更大的陷阱，他們也會因為懂得警戒而不肯靠近，那可就得不償失了。」

「放心，他們頭腦不好。」

後座——

鈴娜還是老樣子坐在凱伊左邊，緊貼著他。

「沒有人知道聖靈族在想什麼。不如說他們大概什麼都沒在想。中了陷阱也絕對不會記得。」

「老身也有同感。他們是四種族中，唯一不會說人話的。」

坐在凱伊右邊的精靈巫女點頭附和。

「咱們——不對，蠻神族學會人類語言的契機，並非想跟人類對話。是因為最先使用高度語言的是人類，而語言作為道具還挺好用的。當然沒有讓人類教，而是自學。」

為何四種族被視為特例——

他們不僅天生擁有強大的法力及肉體，求知慾還極度旺盛。

精靈、矮人、天使自不用說。

惡魔族也一樣，高等個體會說流利的人類語言，聽說連幻獸族都有部分的龍聽得懂人話。

不過。

聖靈族沒有任何溝通手段。

不如說，連他們是否擁有明確的智慧都無法判斷。在五種族大戰結束後的正史世界，聖靈族也被視為遵循本能行動的原始生物。

「蠻神族不是會在精靈森林設置陷阱嗎？知道有陷阱，跟躲不躲得開是兩回事。」

鈴娜跟蕾蓮都贊成設置誘捕燈。

儘管他們並不覺得這個陷阱有辦法連聖靈族的英雄都解決掉，視火力規模而定，對高等個體應該也會管用。

「希望順利。能用陷阱『咚咚！』一口氣打倒他們就輕鬆了。聖靈族超噁心的。老實說，人家一點都不想跟他們戰鬥。」

莎琪抱住雙膝坐在座位上。

「不是聽說他們連大樓的牆壁或玻璃，都能穿過去嗎？」

「不是穿過去，是融解。無論水泥還金屬，聖靈族都會把它們融掉，發動攻勢。」

「別說了好恐怖！」

「莎琪，這事妳也知道吧。」

聖靈族的身體分成「光」、「霧」、「黏液」等各式各樣，會藉由消耗肉體，發動特殊的代價法術。

惡魔的詛咒裡也有類似法術，凱伊最先想到的卻是鈴娜的法術。她懷著跟冥帝同歸於盡的決心，發動的法術。

『這些水滴就是妳的「生命」本身，無論用何種手段都無法防禦，在妳喪命之前，水滴都會持續落下。』

『我的命也會和你一同上路的。』

消耗生命發動的法術。

如今回想起來，那個術式或許是以聖靈法術為根基構成的。

……總而言之，聖靈法術十分難纏。

……不是惡魔那種破壞系，不僅更麻煩，威力也難以推測。

火是熱的。冰是冷的。

無法從法術的外觀看出效果，就是聖靈法術。

「哎，無須擔憂。聖靈法術射程很短。頂多五公尺左右吧？不會被打中，除非靠得太近。」

「這、這樣呀……那我放心了。他們一接近，直接逃就對了。」

「不過，凡事總有例外。聽說也有射程超過五十公尺的聖靈法術。」

「根本無法放心嘛！」

跟蕾蓮的對話，導致莎琪的表情愈來愈鬱悶。

這時——

『諸位，放慢速度。通過前方的鐵軌橋，即可看見目的地。』

是獅子王巴爾蒙克。

『跟西方聯邦的國境沿線處，有座聖靈族的祕境。格雷夏魯·弗爾大瀑布——這條河就是那座大瀑布生成的。』

「是幻獸族的領土。」

聽見獅子王說的話，蕾蓮壓低聲音喃喃自語。

『水量雖然豐富，不過從聖靈族巢穴流過來的水，人類無法利用……好像用不著補充說明。那座廢墟就在前方。』

洶湧的濁流，以及架在其上的鐵橋。

過去從聯邦東部通往西部的鐵路，如今已沒有列車在上面行駛。線路前方是——

發出朦朧光芒的大樓群。

化為聖靈族巢穴的廢墟，出現在地平線上。

「哇。看起來像長滿會發光的黴菌。好噁心……凱伊，你要看嗎？」

「妳都說噁心了，還給我看啊。」

凱伊從莎琪手中接過望遠鏡，觀察前方。

跟數日前也看過的聖靈族巢穴一樣。只不過，這座遺跡似乎現在也還在當成巢穴使用，發出更加詭譎的光芒。

『烏爾札人類反旗軍的諸位，停車。在這邊停下。』

勉強能用望遠鏡看見的距離。

凱伊一行人的軍用車停在原地，巴爾蒙克指揮官的領頭車及兩輛護衛車，共計三輛車則繼續前進，偵察敵情。

『按照作戰計畫行事。』

通訊機傳出的聲音，從指揮官(巴爾蒙克)豪爽的聲音轉為指揮官(貞德)清澈的聲音。

『巴爾蒙克指揮官現在要去偵察「巢穴」。有異狀的話會加以監視。沒問題就開始設置陷阱。』

「……欸，凱伊。我可以去外面嗎？」

「鈴娜？」

「別擔心。不會跑太遠。」

鈴娜下了車，瞪向地平線的盡頭，兩眼眨都沒眨一下。

看著聖靈族當成巢穴的廢墟。

「嗯……凱伊，要在那個巢穴附近設陷阱嗎？」

「嗯。共九個地方。」

「那裡什麼都沒有耶。」

「……妳說什麼！」

凱伊跟在鈴娜後面跳出車外。

金髮隨著混雜沙塵的風飄揚，少女的雙眸依然盯著廢墟，沒有移動。

「妳的意思是？」

「大概是空的。不像之前看過的巢穴一樣那麼乾，所以應該有在一直使用沒錯。可是幾乎感覺不到法力。」

凱伊拿起望遠鏡，只看見發光的大樓群，沒發現異狀。

……不過的確……

……明明有一兩隻聖靈族在大樓外面徘徊都不奇怪。

有巢穴。

卻沒看見半隻聖靈族，這是什麼狀況？

「發現我們要來，移動到其他地方了？……不，不可能。」

聖靈族的巢穴等同於人類的要塞。即使敵對種族（人類）接近，也不會隨便捨棄。

「凱伊，有狀況嗎？」

搭乘王族專用車的貞德小跑步往這邊跑過來。大概是看自己（凱伊）下了車，感覺到事態並不尋常。

獅子王的車輛駛向廢墟。

「那座巢穴裡面搞不好沒有聖靈族。可能是空殼。」

他們很快就會發現吧。或者已經發現了。眼前的巢穴感應不到聖靈族的氣息。

「貞德大人，怎麼了嗎？」

「不太對勁。莫非那些傢伙（聖靈族）連那座巢穴都捨棄了？」

在車內觀察情況的花琳與蕾蓮兩人，也跟著來到外面。

「去調查看看吧。不過很危險喔？如果那些傢伙（聖靈族）藏在大樓後面，可是會遭到強烈的反擊。」

「……既然如此，可不能讓巴爾蒙克指揮官獨自前往。」

聽見精靈這番話，貞德點點頭，握住通訊機。

「我們也過去吧。所有人一起調查，應該更加確實。」

＝

廢都榮格貝爾克——

在聖靈族的大規模侵略下淪陷，化為巢穴。

曾經用來當成都市城牆的五十公尺厚水泥牆。

「沒事吧，巴爾蒙克閣下？」

「噢，抱歉，貞德閣下，讓你操心了。」

聽見貞德的聲音，獅子王回過頭。

握在手中的是金屬製大鎚，想必這就是獅子王作為傭兵的武器。纖瘦的女性用上雙手八成也拿不動的大鎚，這名男子卻輕鬆愜意地單手抓著。

「狀況如何？」

「貞德閣下的慧眼令我深感佩服。我居然要等接近這座巢穴才發現……」

悠倫人類反旗軍的指揮官捻著鬍鬚，面色凝重。

「空蕩蕩的。雖然我們現在才要著手檢查整座遺跡，繞了一塊街區都沒看到那些傢伙（聖靈族），顯然不正常。設好陷阱，沒有會中陷阱的目標就沒意義了。」

「那麼要進行調查嗎？」

「嗯。希望能在太陽下山前搞定。把車停在這，所有人各自攜帶武器，到各區域——」

兩名指揮官快速交談著。

總共一百人以上的傭兵，正在專心傾聽這段對話，只有站在凱伊兩側的兩位少女瞪著截然不同的方向。

「……唔。有味道。」

「可是我感覺不到法力耶？味道也很模糊。」

「唯有這一點非得調查看看才弄得清楚。老身也不太了解聖靈族。」

鈴娜與蕾蓮。

嗅覺遠比人類敏銳的兩位少女，默默指向後方。

「欸，凱伊。剛才風向改變的瞬間，那棟大樓傳出一股味道。」

「可能躲在裡面。」

「真的嗎……」

大規模遷徙後留下的個體？還是整群躲在裡面？

「貞德，借一步說話。」

「嗯？凱伊？」

「怎麼了？」

貞德回過頭，獅子王見狀，也跟著望向這邊。凱伊招了下手，兩名指揮官都帶著疑惑的表情走近。

「我去那棟大樓看看。可以嗎？」

周圍全是其他傭兵。

他不方便直說是鈴娜跟蕾蓮感應到的，不過這名男裝指揮官看出了自己（凱伊）表情些微的變化。

「有發現什麼嗎？」

「……或許有。」

短短一句話，但這樣就夠了。

貞德背後的花琳將手伸向劍，看到花琳的反應，連巴爾蒙克都皺起眉頭。

「我也一起去。護衛班，跟上！貞德閣下。」

「我和花琳當然也會參加。若聖靈族還留在這座巢穴，由少數人馬探索太危險了。」

巴爾蒙克帶著一群傭兵。

貞德及花琳則走在旁邊。凱伊也跟著於廢墟中前進。

「貞德閣下，別接近那種瓦礫堆。黏稠生物的形體變化多端，會躲在瓦礫的縫隙間。」

「原來如此。」

「遇到他們的話首先拉開距離。不過說起來簡單，做起來難。」

巴爾蒙克單手拿著巨鎚，走在大街上。

融化的紅綠燈及彎曲的柵欄，他警戒地看著視線範圍內的所有東西，儼然是身經百戰的傭兵會有的舉動。

……如果敵人是惡魔，就用不著這麼戒備了。

……因為那些傢伙不會躲在大樓後面偷襲。

對手不同，連所需的傭兵技術都不盡相同。

現在需要這種敏銳的直覺，以尋找潛伏的敵人。

「鈴娜，在這邊對吧？」

「嗯。大概快到了……啊，可能在那棟大樓對面。」

「老身的嗅覺也是這麼說的。味道變重了。」

一行人在陽光照耀下的市區左轉。獅子王巴爾蒙克睜大眼睛。

「……這是！」

「怎麼了，巴爾蒙克閣下！」

貞德與花琳急忙趕過來。兩人看見獅子王眼底的景象，也驚訝得向後退去。

殘留在道路上的「痕跡」。

柏油的表面融化，發光的菌絲及粘液將整條道路覆蓋住。

——聖靈族的大遷徙。

法力的光芒，此刻依然在從道路表面冒出來，如同泡沫似的飄向天空。

還沒有經過太久的時間。

肯定是前一天——或者是數小時前移動的痕跡。

「……看來這座巢穴也是空殼。」

獅子王不悅地俯視聖靈族的「足跡」。如他所說，殘留的痕跡直接穿過廢墟。

這裡已經一隻聖靈族都不剩。

「往大平原去了嗎？但我從來沒看過這麼明顯的足跡。聖靈族神出鬼沒。還以為他們是不會讓人察覺目的地的種族……」

沒錯。

那就是巴爾蒙克驚訝的理由，凱伊也在推測箇中原因。

……他們之所以像這樣留下痕跡。

……是因為這麼龐大的群體急急忙忙地一口氣移動嗎？

若是如此，原因為何？

什麼東西讓聖靈族慌張成這樣？

「巴爾蒙克指揮官。」

「什麼事，凱伊小子？」

「我提議循著痕跡追蹤。現在還留著，追蹤起來比較容易。」

周圍的傭兵一陣騷動。

其他人的視線統統落在自己身上，凱伊指向腳邊大遷徙的痕跡。

「浮上空中的粒子狀光芒，是法力的殘渣。這麼大規模地散播力量移動的案例，我也從來沒有在紀錄中看過。」

「…………」

「聖靈族神出鬼沒。我認為這是解開這個謎團的千載難逢的機會。」

然而，此舉也伴隨風險。

若要在此地進行追跡，可能會被敵人發現，遭受攻擊。

「這點我也很清楚，不過……」

獅子王嚴肅地點頭。

「這邊要怎麼辦？趁聖靈族回來前，燒掉黏在大樓上的可恨菌絲及黏液，減少他們的支配地區。這也是我們重要的戰鬥之一。」

「雙管齊下。」

刀光一閃——

花琳用偃月刀的刀尖，刺向地上的痕跡。

「分成兩隊。留在這裡燒燬剩餘巢穴的待機班，以及追跡班。人數差不多各半吧。成員交給您決定。」

「真是一點都不有趣的慣用戰術。但確實適當——諸位，你們也聽見了！」

獅子王發號施令的聲音，撼動聖靈族的巢穴。

「重新編隊。第一、第三、第五、第七、第九部隊留在此地待命。剩下的人跟我來，追蹤那些傢伙(聖靈族)！」

5

光的足跡——

發亮的胞子、黏液，以及法力殘渣。

沒人想像得到這條寬十公尺以上的痕跡，是由多少聖靈族踏出來的。

不可能只有一兩百隻。

「喂，凱伊，你說要追蹤，不過開車的話引擎聲會被聽見吧？我們的陣仗可是大到有十輛車耶。」

「靠你的技術了。盡量開得安靜點。」

「去跟剩下九輛說……噢。」

阿修蘭以俐落的動作，大大地將方向盤往右打。

聖靈族的足跡穿過化為廢墟的都市，直線通往西邊。只不過茂盛的雜草遮住了地表，有點麻煩。

——草會遮住發光的足跡。

格蘭多·亞克大平原。

從淪為聖靈族巢穴的廢都往西方延伸的綠色大平原。

說到平原，通常會聯想到像地平線一樣平緩的地表，這裡卻同時存在巨大的岩石、如同山峰的丘陵、高聳的岩壁，地面凹凸不平。

「欸，凱伊。」

從窗戶探出頭的鈴娜，重新坐回後座。

「乘風而來的氣味變強了。」

她小聲地說。

用莎琪和阿修蘭聽不見的音量竊竊私語，不過右邊的蕾蓮八成連這麼細微的談話聲都聽得見。

「愈來愈靠近了嗎？」

「嗯。我想離他們經過這裡的時間，應該沒隔多久……不過，我有點害怕。」

「害怕？妳嗎？」

「你的左肩。會不會因為太勉強而斷掉呀？」

「不會啦。我沒事，疼痛感也幾乎消失了。」

鈴娜不安地抬起視線看他。

為了讓她一眼就看得出來，凱伊將手伸向左肩的繃帶固定器，毫不猶豫當著她的面解開。

「喂、喂，凱伊！」

正在開車的阿修蘭，瞪大眼睛望向後方。

「你在幹嘛，好不容易縫好傷口，等等還有正事要辦耶！」

「我們在追捕聖靈族。交戰時左肩不能動，是要怎麼打仗？」

解開繃帶固定器，接著是從肩膀裹到手臂的繃帶。

底下是裸露的肌膚。

儘管留有縫合的痕跡和紅色印子，但已不見血滲出。離徹底痊癒相去甚遠，但組織正逐漸再生。

……我本來還半信半疑。

……精靈的靈藥，真的對人類也有效。

雖然還不太能用雙手握亞龍爪，至少傷口不會因為輕度衝擊而裂開。

「老身不是說了嗎？」

蕾蓮挺起胸膛。

「有森林中的生藥可用，沒幾個人的技術比得過老身。」

「是啊。我真的滿驚訝的。」

「嗯！因此——」

精靈滿意地抱著胳膊，正想說些什麼時。

「……咦？那是什麼？發現奇怪的建築物！」

莎琪拿起望遠鏡。

一面嚼著最愛吃的口香糖，一面注意前方的她，像在自言自語般咕噥道。

「怎麼了？莎琪。難道是聖靈族的巢穴……！」

「不是。是的話我也不會這麼悠哉啦。遠方好像有棟老舊的建築物。」

「在哪裡？」

「那裡。」

莎琪指向憑凱伊的視力，只能隱約看出輪廓的遠方。

另一方面——

看見左邊的鈴娜驚訝得合不攏嘴，他才發現鈴娜愣住了。

「…………」

「鈴娜，怎麼了？」

不對勁。

她甚至忘了眨眼，直盯著莎琪所指的方向。

「嗯——那是什麼？怎麼看都是很久以前的遺跡。」

這段期間，莎琪依然納悶地歪著頭。

「是影子讓它看起來一團黑嗎？還是因為那棟建築物是用黑曜石之類的黑色石頭做

的？好漂亮的三角形。」

「————————莎琪，妳剛才說什麼？」

「咦？」

「妳用望遠鏡在看的遺跡。再告訴我一次外觀，直接照妳看見的描述就好。」

凱伊的肉眼還看不見。

不過，透過望遠鏡凝視正前方的莎琪所說的特徵，在凱伊的記憶中只有一個可能。

「就說了，是黑色的三角形遺跡。」

「莎琪，望遠鏡給我！」

「咦？等、等等！」

凱伊幾乎是用搶的，從莎琪手中接過望遠鏡後，往車輛行進方向看去。

青草茂盛的平原盡頭——

在燦爛的陽光下，唯一沒有染上陽光的漆黑金字塔，映入凱伊的眼簾。

——墳墓。

世上共有四座的未解析神造遺跡。

正史世界中，悠倫聯邦的墳墓應該封印著聖靈族。而聖靈族的隊伍，正在以那座墳墓為目標。

「巴爾蒙克指揮官！」

凱伊一把抓起通訊機，使勁大吼。

「請你叫大家停車。所有車輛，立刻停車！」

『什麼？』

毫無根據。

但他莫名有股不祥的預感。

照這個速度，沒有制定任何對策就前往墳墓，太危險了。

「那座黑色金字塔不是單純的遺跡！……是不曉得會有什麼狀況的場所。最好慎重地一步步走過去。」

領頭車忽然停下。

第二、第三輛車也跟著停車，共計十輛車停在大平原的正中央。

「凱伊小子，現在是什麼情況？」

獅子王走下王族專用車。

「我也不是對那東西一無所知。它散發出的氛圍太詭異了。推測是遠古時期，蠻神族或惡魔族留下的建築物。」

「不，那是……」

在正史中是四種族的封印地。

在這個世界則相反，疑似是四種族建造的遺跡。

……世界座標之鑰藏在惡魔的墳墓。

……既然如此，悠倫聯邦的墳墓裡也會有東西嗎？

聖靈族的隊伍延續至墳墓也是。

他不覺得是巧合。

「行進的痕跡通往那座黑色金字塔。直接開車過去太引人注目，我認為在這裡下車較為妥當。」

從後方前來會合的花琳，已經拔出偃月刀，進入備戰狀態。

「那座遺跡也有可能是聖靈族的據點。」

「是調查的好機會。諸位，我們直接用走的。各班選出三名隊員跟我過來！」

獅子王舉起大鎚。

悠倫人類反旗軍的傭兵，一個班共有五名隊員。其中三人前往墳墓，另外兩人則在車內待命，事先啟動引擎，以便隨時可以緊急避難。

「巴爾蒙克指揮官，方便由我帶隊嗎？」

「說要慎重行事的你嗎？若那東西就是他們的據點，帶頭的人不一定活得下來喔。」

「因為提議在這邊下車的人是我。」

獅子王沉默不語。

凱伊將他的沉默視為默許，直盯著草木叢生的平原。

以他的視力只看得見模糊的影子，不過走在旁邊的鈴娜仍在注視地平線的盡頭，兩眼一動也不動。

「欸，凱伊，那個……是你把我救出來的地方嗎？」

她邊走邊說。

金髮少女視線始終落在墳墓上，提心吊膽地開口。

「那個地方是叫墳墓對吧？」

「嗯。正史是這樣稱呼它的。有沒有正式名稱我不知道，但像我這種雜兵跟教官，大家都是這樣叫。」

命名者不明。

恐怕是從五種族大戰終結時沿用至今的名稱。

「……有味道。」

鈴娜稍微放慢腳步。

聖靈族行進的痕跡——宛如暴風雨過境般在草地上清出一條直線的空地，法力的光芒附著在其上。

「味道變強了。」

「喂，不准把老身拋在後頭！」

精靈巫女撥開雜草追過來。後面是貞德與花琳。接著是獅子王巴爾蒙克。

「真是……別忘了老身啊。」

「不要勉強。前面很危險，要待在後面也行。」

蕾蓮是代表蠻神族的存在。

要是精靈巫女有個萬一，很可能影響到人類與蠻神族在伊歐聯邦締結的休戰協定。

……假如蕾蓮因為人類（我們）實力不足的關係失去性命。

……精靈的怒火無疑會燒到伊歐人類反旗軍身上。

即使是敵對種族，對凱伊來說，蕾蓮也跟人類夥伴一樣，是必須保護的對象。

在這個前提下，凱伊才走在隊伍的最前方，不過——

「老身可不想和汝以外的傭兵（人類）走在一起。」

蕾蓮又跑又跳地追過凱伊，轉眼間就到了最前面。

「前面比後面更好。因為大平原（這裡）的風舒適宜人。一直坐在那個叫車子的狹窄空間內，連老身都會身體僵硬。」

「知道了。別走太前面喔。」

「嗯。從行進遺跡上感覺到的法力也變強了。聖靈族（那些傢伙）就在附近——」

喀沙。

細微的樹葉摩擦聲——

凱伊背後傳來近三十名強壯傭兵的腳步聲。

可是。

那個聲音是從前方而來。

也就是從走在最前方的蠻神族（蕾蓮）眼前的草叢中，突然傳出的。

「唔！」

強光刺進蕾蓮眼中。「某種物體」朝站不穩的精靈飛來。眼角餘光瞥見那東西的瞬間，凱伊及鈴娜立刻採取行動。

鈴娜抓住嬌小精靈的手臂，硬把她拉過來。

「精靈，到這邊！」

「蕾蓮，妳讓開！」

凱伊則代替她上前，朝飛過來的「某種物體」全力揮下亞龍爪。

——穿過去了。

亞龍爪的刀刃碰到了那東西，卻沒有擊中的手感，彷彿在砍空氣。

……我早就知道！

……你們是那樣的種族！

刀劍與槍械不管用的種族。

「爆炸吧。」

略式亞龍彈。

裝填在亞龍爪內的炸藥爆炸，炸飛正準備襲向蕾蓮的發光體。

『──────喔──────！』

「是雷光花嗎！」

球體發出詭異的慘叫聲。

雷電般的能量時常在透過法術從全身釋放，光是碰到就會遭受高壓電擊的凶惡聖靈族。

雷光花的身體被炸得四散，卻沒有澈底消滅。

「聖靈族的伏兵嗎！」

「貞德，小心點。剛才那招還沒完全打倒牠。」

放電的射程距離約三公尺。

凱伊對貞德吶喊的期間，自己也跳到雷光花的攻擊範圍外。原本站的地面被灰色的牆壁覆蓋住。

牆壁變形成半球體，逼近凱伊企圖壓爛他。

……下一個出現是黏稠生物，而且還很大！

……在抵達墳墓前遇到這種集團。是想阻止我們去墳墓嗎！

像看門狗一樣。

如同會對接近「墳墓」這個家的對象露出利牙的野獸。

「全員，射擊！」

改變形體，逐漸逼近的黏稠生物，被火焰籠罩。

守在獅子王(巴爾蒙克)左右的傭兵們手拿火焰噴射器，同時發射火焰。將大平原一角染成紅色的熱浪，吞噬後方的黏稠生物及雷光花。

聖靈族的弱點是火焰。

然而——

拿著火焰噴射器的其中一名傭兵，忽然發出驚恐的聲音。

「……嗚，啊啊啊啊啊啊！」

緊接而來的是慘叫聲。

射出紅蓮之炎的傭兵，全身瞬間被白色火焰籠罩。與此同時，飛來一個物體突破了抵禦聖靈族攻擊的火焰。

——青白色的火團。

暴露在火焰噴射器的火焰下，卻沒有灰飛煙滅，不僅如此，還變得更加巨大。

「是靈魂火！藏在雷光花群裡！」

「停止射擊，牠會膨脹！」

例外時常存在。

怕火的聖靈族裡面，唯一棲息於火中的怪物。是愈用火燒就會變得愈強大，讓人無計可施的高等種。

靈魂火飛上天空。

槍和火焰都不管用，因此極難對付。怪物瞄準下一個獵物，自傭兵上方襲來。

「太天真了！」

巴爾蒙克的大鎚，從旁將炎之怪物擊飛。

金屬鎚不可能對身體由火焰組成的靈魂火有效。之所以能擊飛炎之怪物，全是拜獅子王單純至極的力氣所賜。

如同暴風的大鎚風壓，幾乎將籠罩靈魂火的火焰全數吹散——

露出小小的星形結晶。

「射擊！」

部下的槍擊，射穿纏繞火焰的聖靈族核心。圍繞在半毀核心四周的火焰一口氣變弱，靈魂火慘叫著浮上空中。

「趁現在，全軍前進。就這樣——唔……？」

獅子王戒備起來。

他的前方，躲在草木間的聖靈族產生了變化。

「花琳？就我看來，他們似乎在撤退，是聲東擊西嗎……？」
「不。我不認為聖靈族有那麼聰明。」
貞德跟花琳進入備戰狀態，接著，凱伊和傭兵們面前。
黏稠生物及雷光花紛紛逃到火焰射程外，甚至連理應不怕火焰的靈魂火都集體遠離。
逃往墳墓的方向——
「立刻救助傷患和聯絡待機班！剩下的人跟我來。繼續追蹤！」
巴爾蒙克扛起大鎚。
熟練的傭兵看了凱伊一眼，露出狂野的笑容。
「直覺挺敏銳的。之後也拜託你了。」
看到墳墓時，凱伊要求所有車輛緊急停車。
若他們繼續坐在車上高速行駛，八成會沒發現聖靈族埋伏於此地，遭到包圍。
「你說的沒錯，那座黑色金字塔看來是最可疑的……我們走。」
獅子王站到隊伍最前方。
追著撤退的聖靈族，前往大平原深處。繼續走下去，應該會抵達墳墓。
這個預感——
忽然轉變為強烈的異樣感。
「停。」

巴爾蒙克水平抬起手臂。以距離來說，大約兩百公尺遠。在這群傭兵中，長相特別駭人的指揮官，表情變得更加嚴肅。

「聖靈族停止動作了……不對，那是……？」

他壓低音量。

「正在……集合？」

大群的聖靈族。

數量不只一兩百而已。連分散在大平原四面八方的聖靈族都在一隻隻集合，包含從火焰噴射器的火焰下逃離的個體。

「聚集在同一個地方，是想隱藏身姿嗎？還是想威脅我們……」

「看起來像這樣？汝再看仔細一點。」

精靈巫女站到巴爾蒙克旁邊。

跟人類指揮官一樣眉頭緊蹙，嘴脣微微顫抖。

「他們在融合。」

「什麼！」

「汝不知道嗎？聖靈族的法術，是藉由消耗自身的身體發動的詛咒。剛才的雷光花亦然。牠不是隨時都在燃燒自己的身體嗎？」

「我知道。我想問的是，他們為什麼要融合——該不會！」

「汝發現了嗎？」

精靈巫女大嘆一口氣。

那不是針對人類指揮官的汗巇。而是因為在遠方發動的聖靈族的「術式」太過驚人，導致她忘了呼吸。

「那些傢伙的融合恐怕是『肉體再生』。將全身當成祭品發動的詛咒，不會有其他可能。」

不過，他們在再生誰的肉體？

「不會吧……」

無意識間從凱伊唇間傳出的苦笑，聽起來像在顫抖。分量不足一滴水滴的惡寒，不受控制地在胸中迅速膨脹。

有股不祥的預感。

那麼多的聖靈族集合在一起，想讓某個對象再生。說到聖靈族的大人物，人類所知的僅此一隻。

「凱伊，怎麼辦？」

鈴娜的語氣透出一絲緊張感。

「你要戰鬥的話，我也會戰鬥喔。可是，在這個地方沒問題嗎？」

「巴爾蒙克指揮官，撤退！」

凱伊嘶聲吶喊。

「在那群聖靈族中心的，肯定是聖靈族的英雄！」

人類反旗軍的裝備並不齊全。

這次的目的是驗證陷阱的可行性，而非殲滅聖靈族。沒有攜帶用來進行大規模戰鬥的武器，傭兵們肯定也還沒做好覺悟。

在這邊開戰，會出現大量犧牲者。

「撤退！退到廢都，與待機班會合！」

巴爾蒙克舉起金屬鎚，指向軍用車。

傭兵們沒有提出任何疑問就一同後退，其組織能力值得稱讚。眾人當場掉頭，全速衝向車子。

負責殿後的是獅子王巴爾蒙克，以及凱伊一行人。

「花琳，我們也回去吧。看來遭遇了比想像中更危險的狀況。」

「遵命。」

貞德和花琳看著彼此點頭。

剎那間——

『……人類……蠻神族…………？』

草木「分割開來」。

唰唰唰唰唰唰……有如大蛇在地面滑行的聲音。深藍色黏液群以怒濤之勢分開平原的草叢，如牆壁般迅速逼近。

會被追上？

意識到的瞬間，深藍色黏稠生物顯現於面前。

透明的藍色身軀儼然是「海洋」。將海洋直接凝固成果凍狀，做成身體——這麼形容應該是最貼切的。

『…………』

深藍色的半透明肉體。

外表看似人類的少女。在正史的五種族大戰中有被目擊的聖靈族雖然很多，外表跟人類相似到這個地步的個體，卻只有一隻。

……沒錯。聖靈族能自由變換外表。

……但不知為何，據說只有這傢伙喜歡擬態成其他種族的模樣。

凱伊握緊亞龍爪，冷汗滑落臉頰。

最凶惡的黏稠生物——

聖靈族的英雄「靈元首」六元鏡光。

身體壓縮成人類少女的大小，戰鬥時卻會變化成足以吞沒一整棟大樓的「海洋」。

……不過，是錯覺嗎？

……這傢伙……剛才是不是說話了？

聖靈族的智商應該近乎於零才對。在人類庇護廳的紀錄中，也找不到這位聖靈族英雄說過話的紀錄。

只是在模仿別人說話嗎？

『…………』

外型是人類少女的深藍色黏稠生物伸出右手。手肘到手掌間的部位「啵」一聲膨脹起來。

「趴下！」

不曉得是誰的呼聲。

連確認對象的時間都沒有，凱伊、鈴娜、蕾蓮衝向右方，貞德及花琳則是左方，包含獅子王在內的傭兵們，也各自朝不同的方向飛奔而出。

——萬象鏡化「海」——

黏液群蜂擁而至。

曾經是黏稠生物右臂的物體像巨浪一樣巨大化，掃蕩前方一直線的草木，壓碎巨石，削去前方的岩壁。

寬十公尺以上。

換算成距離，大平原被削去一百公尺以上的畫面展現於眼前。

「地形都變了……」

精靈巫女的聲音在顫抖。

聖靈族英雄「靈元首」六元鏡光，剛才什麼特別的舉動都沒做。

僅僅是伸出手臂。

以人類來說，就只是輕輕出拳。這一拳卻將大平原削出一道痕跡，改變了地形，破壞力足以與惡魔的大法術匹敵。

『…………』

黏稠生物的右手如同橡膠似的縮回原位。

沒打中。大概是理解了這一點，他接著舉起左手。至於人類方，沒有半個人出聲警告。

因為根本用不著說。

躲不開就是全滅。

——這次，左手變形成宛如一顆鐵球的巨大球體，。

用黏液群做成的拳頭。

這一拳在大平原的大地上開出一個洞，深深下陷，捲起大量的土砂及斷掉的草木。

……破壞力跟被大型砲彈直接命中同等，或是在那之上？

……光那隻膨脹的左手，到底有多少重量！

想必一擊就能將在空中翱翔的天使擊落。

跟五種族大戰的紀錄一致。這名聖靈族英雄，原本就不是人類對付得了的存在。

不過——

「這把劍，你也是第一次看見吧？」

他將亞龍爪刺向深藍色的黏液群。

刀刃彷彿潛入海中，刺進黏稠生物柔軟的果凍狀身軀。凱伊直接扣下引爆火藥用的扳機。

炸裂。

略式亞龍彈爆炸，深藍色的「海洋」從內部炸開。四散的黏液群在空中被火焰包圍，熊熊燃燒。

『！』

深藍色的少女身軀漾起波紋。

「起作用了嗎？」

消失的是構成六元鏡光的黏液群中的極小一部分。

但確實有效。聖靈族不像在精靈森林襲擊他們的幻獸族那樣，擁有鋼鐵般的皮膚。既然如此，就能確實造成傷害。

……略式亞龍彈的殘彈為八。

……把從正史世界帶過來的子彈統統用光，多少能傷到牠。

就算槍跟劍不管用，爆炎也能起到作用。

左臂被炸掉的黏稠生物急忙準備將手縮回去。在膨脹起來的黏液群再一次壓縮、縮小之前——

「燒掉他！」

巴爾蒙克指揮官的怒吼。

悠倫人類反旗軍的砲火，將黏稠生物蔚藍的肉體染上紅蓮色。

所有傭兵同時開火。區區一隻聖靈族面對過於龐大的火力，半個細胞都沒留下，遭到抹消。

在炙熱的火柱中。

——萬象鏡化「火」——

緩緩地。

狀似巨人的紅蓮色黏稠生物，衝破炎柱出現。

理應已被燒盡的黏液群，反而活性化了。連凱伊用亞龍爪炸飛的部位都迅速再生。

這是……

「停手！」

凱伊聲嘶力竭地對拿著火焰噴射器的傭兵們大叫。

「是靈魂火的特性。這時候用火攻擊那傢伙，只會被吸收！」

槍械無效。刀劍無效。

將肉體變化成連唯一的弱點火焰，都能瞬間吸收的萬能抗性——

……「靈元首」六元鏡光！

……這傢伙的肉體，真的無所不能嗎！

黏稠生物擁有變化自如的肉體。

人類庇護廳的紀錄也有寫到這一點，但應該不是會配合火焰，讓肉體擁有高熱抗性的適應能力。

在正史裡面沒人目擊過，或者是在這個世界才學到的能力嗎？

「凱伊！」

光這麼一聲呼喚，凱伊就明白了鈴娜的用意。

若自己（鈴娜）不在這時使出全力，只會單方面出現傷亡。因此沒時間猶豫。凱伊默默對鈴娜點頭。

——同時。

少女外型的深紅色黏稠生物胸口明顯鼓起，深深吸氣。

呼吸？

不可能。那麼他為何要吸氣？在關於五種族大戰的龐大戰鬥紀錄中，最接近這個動作的是——

「火龍的吐息嗎！」

沒時間叫其他人趴下了。

視界完全染上紅蓮色的瞬間，凱伊用手中的亞龍爪橫掃虛空。

「世界座標之鑰！」

亞龍爪對劍名產生反應，轉變型態。

黑色槍刀在不到零點一秒的短暫時間內，變化成淡陽光色的長劍，微帶透明的刀身如寶石般美麗。

那神聖的刀身。

——俐落地。

斬裂六元鏡光噴出的業火吐息。分成左右兩半的熱浪爆碎，無數火星融化於大氣中。

「什麼！」

巴爾蒙克指揮官發出感嘆及震驚的呼聲。

「凱伊，那也是你的世界的武器嗎！」

「…………」

凱伊沒有餘裕回答，抬頭看著變化成炎之巨人的黏稠生物。

只是防住了一擊而已。斬斷業火乍看之下是很厲害的技術，其實狀況絲毫沒有改善。

……這傢伙只不過是「呼出一口氣」。

……覺得人類只有這點程度，是帶有鄙視意圖的攻擊。

他深深體會到。

在跟冥帝凡妮沙的戰鬥中，他拿出世界座標之鑰應戰，依然差點送命。這不是四種族的英雄的全力。

「我知道。你的實力不只這樣吧？」

他感覺著灼燒大氣的火焰溫度。

「聖靈族，放馬過來。」

『…………』

聖靈族的英雄，低頭俯視斬斷熱浪的人類。

然後——

『……世界座標之鑰……希德…………為什麼…………？』

沉穩年幼的聲音。

從語氣來看，應該比鈴娜更小。輕柔可愛的聲音，響徹綠色的大平原。

「……蕾蓮？這種時候妳在說什麼啊。」

「不是老身。是汝或鈴娜。」

「不是我。是貞咪吧。」

「喂、喂！」

貞德反射性對差點洩漏她的真實性別的鈴娜大叫。然而聲音的主人，並非在場三位少女。

『你是希德……可是不太一樣。』

「咦？」

『不同的個體？人類難以識別。』

黏稠生物的身體急速收縮。

再度恢復成人類大小，也逐漸轉為原本的蔚藍半透明身體。

展開雙臂——

做出從人類的角度來看，表示「無防備」或「投降」的動作。

『結束。』

聖靈族的英雄如此宣言，語氣毫無幹勁。

『鏡光累了。下次再陪人類(你們)玩。』

說起話來驚人地流暢。

有種像在水裡說話時的含糊感，聲音本身卻接近人類的少女。然而，真正該驚訝的是，聖靈族會說人類的語言。

……不是我聽錯吧。在人類庇護廳公布這件事，肯定會引起大騷動。

……會是顛覆四種族研究史的事件。

每個人都屏息凝視眼前的黏稠生物。連鈴娜和蕾蓮都斷言過「聖靈族沒有智慧」。

那個種族的首領卻會說話。

「妳會說人類的語言？」

『從希德身上學來的。』

「！」

『模仿希德。還有找到人類的遺跡，學習文字規則。』

「……什麼？」

這隻聖靈族剛才說什麼？

拿遺跡的碑文當線索，解讀語言？連人類都得派出擁有高度考古學及語言學知識的專業集團，才做得到這種事。

更重要的是，她提到希德——

「聖靈族啊。」

傭兵們拿起火焰噴射器。

獅子王巴爾蒙克站到部下前面，拿金屬鎚指向她。

「妳突然恢復人形，有何意圖？模仿人類說話，是想爭取時間嗎？」

『鏡光提議。』

聖靈族英雄轉身面向獅子王。

『停戰吧。幻獸族盯上了這座聯邦。』

「……妳說什麼？」

『幻獸族太過強大。牙皇拉蘇耶的力量，已經達到足以破壞世界均衡的境界。不是其他種族能單獨應付的對手。』

這句話的意思——

並不複雜。獅子王以及在身後待命的部下，照理說也不會不明白。

「……什麼意思？」

巴爾蒙克面色凝重。

「聖靈族希望和人類聯手。是這個意思嗎？」

『不只人類。還包括蠻神族。』

想必沒有任何傭兵發現，黏稠生物瞥了蕾蓮一眼。

『鏡光還希望惡魔族也加入。若不集結四種族的力量殲滅幻獸族，世界就會落入幻獸族手裡。』

「……妳剛剛才在攻擊我們，怎麼有臉提出這種要求！」

獅子王的疑惑很正常。

六元鏡光一副理所當然的態度建議聯手。

然而，若不是因為凱伊用世界座標之鑰抵擋住火炎吐息，悠倫人類反旗軍應該會出現大量的犧牲者。

「妳不久前還對我們表現出敵意，不是嗎？」

『鏡光累了。是人類（你們）趁機接近，鏡光才會反擊。』

「…………」

這個說法確實有道理，因此獅子王陷入沉默。

無數聖靈族正在融合，試圖「再生」。蕾蓮的推測沒錯。

……也就是說，六元鏡光真的很虛弱。

……她的傷勢嚴重到數百隻聖靈族融合，才終於有辦法再生嗎？

用人類來譬喻，就是瀕死。

反過來說，在瀕死狀態下還能發揮如此強大的力量。光是想像這名英雄的全力就令人生畏。

「……事已至此，說什麼鬼話！妳瞧不起我們嗎！」

獅子王咬牙切齒，大概是苦惱及憤怒的體現。

以解放悠倫聯邦為目標，奮戰至今的傭兵們。在這麼關鍵的場合上，居然由聖靈族主動建議停戰。

八成也有將聖靈族視為仇敵的傭兵。

再加上目前身在此處的傭兵，只是悠倫人類反旗軍的一小部分。多數成員都在露因・茲・芙拉姆要塞等待獅子王歸來。總不能隨口告訴他們「聖靈族要跟我們聯手，所以我答應了」。

「我可以為她所說的話作證。」

「貞德閣下？」

「我也曾經目擊過。幻獸族將部下派至世界各地，應該是不容置疑的事實。」

靈光騎士貞德打破了沉默。

「擊敗冥帝後，很快就出現越過烏爾札聯邦的國境，侵入國內的疾龍。我們遭到那隻疾龍的襲擊。」

「伊歐聯邦也是。精靈森林被貝西摩斯搞得一團亂。」

蕾蓮接著補充。

精靈伸出纖細的手指，指向於後方列隊的傭兵們的裝備。

「這個地方的人類，武器都是專門對付聖靈族的吧？想拿火焰噴射器（那東西）對抗幻獸族，稍嫌不足呢。」

「……」

傭兵們面面相覷。

——他們發現了。

若六元鏡光所言屬實，即使打倒聖靈族，也不可能解放聯邦。

只會換成幻獸族入侵罷了。悠倫人類反旗軍的軍備是專門對抗聖靈族的，到時不可能對付得了他們。

打倒聖靈族，反而會害事態惡化。

「她應該是計算到了這一點，才提出這個建議作為威脅。我認為對人類而言，這是無可避免的合作。」

貞德說話的對象，是獅子王後方的傭兵們。

唯有這件事，獅子王一個人點頭也沒意義。必須由整個人類反旗軍做決定。看要拒絕這個提議，還是要接受。

「……貞德閣下，我明白這麼做很羞恥，但我還是想請教你。」

獅子王的語氣，彷彿要咳出血來。

「我該如何是好？怎麼做才能拯救悠倫聯邦的人民？我想借打倒惡魔族、蠻神族的閣下智慧一用。」

「換個順序。僅此而已。」

靈光騎士語氣堅定。

「打倒幻獸族，對於人類復權不可或缺。既然如此，先打倒幻獸族，再跟聖靈族分出勝負即可。」

『…………』

聖靈族英雄沉默不語。

本以為她在擬定下一個計畫，或者默默表示贊同——

『那邊那個人類。』

六元鏡光語氣平靜，毫無起伏。

彷彿在說自己對獅子王的苦惱毫無興趣，視線落在凱伊身上。

『鏡光問你。你是希德的什麼人？』

「喂，等一下，妳這傢伙！現在是我在跟妳說話。別扯開話題！」

『鏡光已經提議完畢。』

「……唔！」

直接遭到反駁，令巴爾蒙克咬牙切齒。

六元鏡光以聖靈族代表的身分，指出幻獸族的危險性。她要說的僅此而已。剩下端看人類的回答。

「…………保留回答。不過，這次我們會先收兵。」

經過一段漫長的沉默。

率領悠倫人類反旗軍的指揮官，神情苦澀地點頭。

「這不是憑我個人的意見能決定的事。別忘記了，你們是人類之敵。就算要對付幻獸族，這個事實也不會改變！」

『這樣啊。』

蔚藍少女轉過身。用不習慣的動作，像個人類似的移動雙腳邁步而出。

「等一下，妳要去哪裡？」

『那裡。』

她指向黑色金字塔。在大平原中散發異樣存在感的巨大建築物，是疑似聖靈族住處的場所。

『擁有世界座標之鑰的人類。』

這是第三次了吧。

聖靈族英雄停下腳步，側臉對著凱伊。

『鏡光忘記了。那棟黑色房子是什麼？』

「！」

寒意從頭頂竄到腳尖。她特地強調自己忘記了。若不記得墳墓在正史的作用，不會說出這種話。

……不會有錯。

……這名聖靈族英雄，擁有正史的記憶？

冥帝凡妮沙及主天艾弗雷亞，都是在凱伊提到「希德」的名字後記憶才產生變化。

這次明顯不同。

六元鏡光自己說出了「希德」、「世界座標之鑰」的名字。還在努力回想關於墳墓的記憶。

『那棟黑色房子，是什麼？』

「……妳指的是墳墓嗎？」

『墳墓。墳墓。墳墓。墳墓，墳墓墳墓……噢……對了。』

她懷念地咕噥道。

然後踏著不穩的步伐前行。

『希德。最可恨的人類。所有聖靈族的敵人。可是，希德給了鏡光「智慧」。鏡光學習，是為了理解那個人類所說的話。』

『命運開始逆襲了。』

『全都是因為我。是我犯下的過錯導致的未來。』

「……真的嗎？」

他無法想像。

希德犯下的過錯？拯救人類的偉大英雄，為何會有罪惡感？以及，為何將這件事告訴了敵對種族的首領？

『沒時間了。不知道幻獸族什麼時候會來奪取墳墓。』

蔚藍少女帶著挑釁的笑容轉過身。

面向身後所有的人。

『墳墓，要一起來嗎？』

World.5

Chapter: 墳墓──命運沉眠之處──

Phy Sew lu, ele tis Es feo r-delis uc l.

1

悠倫聯邦，格蘭多．亞克大平原──

黑色超巨大建築物「墳墓」。

將不會反射光線的巨石裁切成立方體當成石材，由數百萬個立方體堆砌而成的遺跡。

是誰留下的，至今依然不明。

『出現在西方國境的拉蘇耶說，「聖靈族會消失。在正史當中，被封印在那個地方還比較好呢」。』

通往墳墓的平原道路上。

包含凱伊在內的人類反旗軍，再加上蠻神族（蕾蓮）與混沌種（鈴娜）。至於走在最前方的是──

『不過，鏡光不明白。那個地方？封印？鏡光毫無頭緒，但這句話令人在意。所以，鏡光打算去尋找最可疑的地方。』

六元鏡光。

構成身體的黏液群是半透明的海藍色，現在變化成人類少女的外型。打個比方就是——用藍色玻璃做成的少女像。

『只有這棟建築物，跟人類的都市氛圍不同。』

「嗯？什麼意思？」

獅子王抬頭瞪著高度足以和高樓大廈匹敵的墳墓，大聲說道。

「這座大得誇張的金字塔，不是你們（聖靈族）的嗎！」

『不是。』

「那它是什麼？」

『不知道。聖靈族以為是人類建造的。鏡光也是剛剛才想起墳墓這個名字。』

「靈元首」六元鏡光輕描淡寫地回答。

「…………」

『不相信？』

「嗯，不相信。這座名為墳墓的遺跡，和你們（聖靈族）提議的聯手作戰都一樣。我不打算相信妳說的任何一句話。貞德閣下，千萬別大意。」

待在離聖靈族英雄如此近的地方，獅子王仍然無所畏懼，或許該稱讚他膽識過人。

『這樣啊。』

至於六元鏡光，看起來並不生氣。

獅子王旁邊是烏爾札人類反旗軍的指揮官貞德和花琳。

後面跟著鈴娜及蕾蓮。凱伊站在最後面看著這一幕，下意識握緊拳頭。

出於三種族大戰何時爆發都不奇怪的緊張感。

……人類（我們）、蠻神族（蕾蓮）、聖靈族（六元鏡光）。

……先不論鈴娜，複數種族聚集在同一個地方還真少見。

可以理解獅子王巴爾蒙克的心情。

這裡是由聖靈族支配的大平原，如今卻只看得見六元鏡光。

從聖靈族的總數量來看，超出常理的大軍在這邊埋伏都不奇怪。

像這樣邀他們去墳墓，無法排除是陷阱的可能性。

「我已通知在大平原待命的部下，等我三個小時。超過時間就立刻撤軍，一分鐘都別等。」

假如他沒回來——

就當成獅子王巴爾蒙克被聖靈族背叛，在墳墓內遭到襲擊。

「妳明白了吧。」

『這樣啊。』

聖靈族的回應十分模稜兩可。

凱伊聽著兩人交談，一面詢問：

「蕾蓮，有件事想問妳，伊歐聯邦也有那個叫墳墓的建築物嗎？」

「老身從未見過。」

對精靈森林無所不知的精靈巫女搖頭回答。

「若森林裡有如此巨大的遺跡，肯定很引人注目。或者，那些天使搞不好會知道。」

「主天可能知道嗎……」

……經她這麼一說，我都忘了。

……從沒想過要在伊歐聯邦調查有沒有墳墓。

世界座標之鑰藏在惡魔的墳墓中。

既然如此，蠻神族的墳墓或許也會有什麼東西。竟然沒調查就離開那座聯邦，太失策了。

「咱們要從哪進入墳墓？」

蠻神族（蕾蓮）詢問聖靈族（六元鏡光）。

「從上面那個看起來像門的地方嗎？」

『不知道。』

「喂！」

『鏡光還沒想起關於墳墓的全部記憶。只是因為拉蘇耶提到，才想起墳墓的存在。功能想不起來。』

聖靈族英雄直盯著凱伊。

黏稠生物全身都是黏液群，沒有人類的五感。那雙「眼睛」照理說也只是模仿人類的外觀，無法實際看見他們。

不過，為什麼？

她的眼神散發出如此強烈的知性光芒。

『你很清楚嗎？』

「……我不知道這個世界的墳墓是什麼情況，但我有頭緒。」

『那就好。』

是在叫凱伊負責帶路吧。

六元鏡光用不熟悉的動作，跟上向前邁步的自己（凱伊）。

「凱伊，那邊是背面吧？」

「對。烏爾札聯邦的墳墓在這裡有祕密通道。」

凱伊對貞德和花琳招手。

最後方的巴爾蒙克也勉為其難地跟過來，一面監視六元鏡光。

一行人從墳墓外圍繞到背面。

「……果然。」

墳墓背面。

看見陰影處的草叢，凱伊瞇起眼睛。

巨大的球狀石頭掉在地上。這東西本來應該要埋在墳墓的牆壁裡。

——封鎖石。

將四種族關進墳墓，避免他們逃跑的「門閂」。石頭表面的綠色紋路在發出淡淡光芒，由此可見，應該還能運作。

理應鑲著這顆封鎖石的墳墓牆壁，空出一個洞。

……一模一樣。

……跟我發現鈴娜的惡魔墳墓一模一樣。

「在烏爾札聯邦發現墳墓時，我也是從後面進去的。如你們所見，建築物太過巨大，探索起來很辛苦，可是走這條路就能以最短距離抵達中心。」

「好暗。」

陽光照不進墳墓內部。

才剛踏進一步，獅子王就毫不掩飾地皺眉。冰冷的空氣拂過後頸。

「喂，凱伊小子，這裡真的值得我們調查嗎？你不是說過，連你自己都不清楚這是什麼地方。」

「如我剛才所說。我曾經進過烏爾札聯邦的墳墓。」

「……然後在那邊看見來歷不明的怪物？」

抵達悠倫人類反旗軍總部的當天，獅子王從貞德口中接獲關於切除器官的報告。導致主天艾弗雷亞性格驟變的怪物。

「貞德閣下，這是傭兵的本性，請你不要見怪，但我還無法判斷是否真的有那樣的怪物存在。」

「我也是。若非親眼看過，實在很難相信。」

貞德開口回應，神情緊張地前進。

兩名成人勉強能通過的狹窄通道。內部儼然是一座巨大迷宮，高牆林立，難以判別現在走到了哪裡。

「是夢境，還是幻影？那隻怪物就是如此脫離現實。襲擊主天的怪物，散發出不屬於五種族的氛圍。感覺像死亡的氣息。」

『在說切除器官嗎？』

「…………等一下。汝為何知道那傢伙的名字！」

精靈巫女用力指向說出怪物之名的聖靈族，警戒起來，七件式和服隨著她的動作於空中飄揚。

「知道這名字的，只有在場的人……莫非汝也是切除器官(那東西)的同伴！」

『不是。在西方國境，拉蘇耶說過。拉蘇耶也知道主天已經消失。』

「……唔！」

『鏡光也戰鬥了。可是被弄得四分五裂，身體沒了。』

所有人都停下腳步，凝視黏稠生物。這句話的意思是——

兩位英雄的死鬥？

六元鏡光在那場戰鬥中失去大部分的身體，無法繼續維持生命。聖靈族之所以聚集在一起融合，是為了再生她失去的組織。

……難怪她跟我們說她累了。

……說拉蘇耶太過強大也不是譬喻，而是她的親身經歷嗎？

「慢著。汝說拉蘇耶知道那件事？」

蕾蓮的呼聲響徹墳墓內部。

精靈巫女大膽逼問聖靈族英雄。

「當時攻擊主天閣下的切除器官，是幻獸族的英雄（拉蘇耶）派來的嗎！」

『不知道。』

「……！」

『鏡光當時不在，所以不知道。鏡光看過的切除器官，跟攻擊蠻神族英雄的是否為同一個體，也無法斷定。』

「…………說的也是……」

蕾蓮沮喪地垂下肩膀，咬緊牙關。

「不過，這跟大天使（拉法葉）的目擊證言一致。拉蘇耶馴服了切除器官。幻獸族正在逐步入侵其他聯邦，也不容置疑。」

北方（烏爾札）出現疾龍。

東方（伊歐）出現巨獸貝西摩斯。

南方（悠倫）則是由幻獸族的英雄（拉蘇耶）親自出馬，企圖抹消聖靈族。

「先擊敗幻獸族。即是將五種族大戰變成四種族大戰。這點或許該照六元鏡光（這傢伙）所說的做比較好？」

「……我會考慮。」

獅子王輕輕點頭，大步向前。

「因此，我連潛入這種陰森遺跡的時間都嫌可惜。趕快結束調查吧。要往哪裡走！」

『鏡光不知道。人類，你呢？』

「我？我也不知道。因為探索惡魔墳墓的時候，我也是隨便亂走……不過一直走下去，有個看得見微弱光芒的地方。」

他記得裡面有座廣場。

用來監禁惡魔的空間空蕩蕩的，取而代之的是刺在地上的一把劍。

『哦？』

六元鏡光用具有起伏的聲音應聲，指向凱伊的槍刀。

『世界座標之鑰，就是在那裡找到的？』

「……妳怎麼知道？」

『這個世界，沒有其他地方有可能會出現那把劍。』

這個回答十分簡單，卻合乎道理。

『鏡光對這個世界抱持異樣感。希德叫鏡光「小心點」。不過，鏡光不記得鏡光是從什麼時候開始抱持異樣感的。』

「————」

凱伊及鈴娜保持沉默，面面相覷。

意識到這個別史世界「不一樣」的，只有自己跟鈴娜。至於六元鏡光，她雖然無法斷言「不一樣」，卻感覺得到「有問題」。

……她不記得世界是什麼時候變奇怪的。

……也就是說，跟貞德他們一樣，不記得世界輪迴的瞬間。

無法認知到世界輪迴。

卻對世界遭到覆寫一事感覺得到異樣感。為什麼？

跟冥帝與主天不同。

不知為何，四種族的英雄中，只有六元鏡光感覺得到「世界有問題」。差別到底是？

「風？」

忽然。蕾蓮用銀鈴般的聲音輕聲呢喃。

一陣風吹過，輕輕撫弄凱伊的後頸。

「是從牆壁縫隙間吹來的風嗎？」

「貞德大人，不對勁。入口也就算了，這裡已經是遺跡深處。也沒有風吹得進來的裂痕。」

貞德環顧四周。

隨侍在旁的花琳，也將目光銳利的雙眼瞇得更細。

「這不是單純的風？」

『——波動。』

「力量在流動？」

鈴娜與六元鏡光的聲音，形成美麗的融合。

宛如洗練的合唱。

「凱伊，這邊。」

「啊……喂，鈴娜？很危險，別跑太遠啊！」

鈴娜小步跑走，在堅硬的石頭地上奏響跫音。她毫不遲疑地在被牆壁隔成迷宮狀的通道上奔跑。

「咦？」

盡頭。

前方是用牆壁隔出來的小廣場。鈴娜之所以感到疑惑，是因為那個空間什麼可疑之物都沒有。

「……奇怪。力量的流動確實是從這邊傳出的說。」

鈴娜凝視的，是一片虛空。

伸手也碰不到任何東西。

「怎麼了？發現可疑的東西了嗎？」

獅子王從隊伍最後方探出頭。

在他眼中，鈴娜在這種詭異的遺跡中突然跑起來，會有疑問也是理所當然。

「欸，凱伊。」

鈴娜悄聲問道。

「你當時救出我之後，發生了什麼事？」

「發生什麼事……」

他沒有刻意去做什麼。

惡魔墳墓裡也有類似的廣場，閃耀光芒的世界座標之鑰就插在地上。他記得自己對劍伸出手的下一刻，聽見了聲音。

是莊嚴的老人嗓音。

『被可恨的命運捲入其中之人啊，切莫放開這把劍。』

希德之劍。

人們這麼稱呼那把劍，凱伊也是在那個時候得知它的真名。

「……世界座標之鑰嗎？」

講出這個名字並沒有特別的用意，只是循著記憶脫口而出。瞬間——

凱伊手中的陽光色長劍迸發光芒。

「什麼！」

轉變成無數燦爛的光粒。

閃亮的粒子化為閃光，劃破昏暗的虛空，描繪出光之軌跡。

光凝聚成一扇門的形狀。

……一樣。

……跟我遇見鈴娜的時候一樣！

「怎、怎麼回事！凱伊，汝究竟做了什麼——」

精靈的聲音消失了？

不。消失的是他們。凱伊以及在場所有的人，都從「世界」上消失了，只留下於墳墓內部迴盪的蕾蓮聲音。

祕奧領域「無座標界(Zero)・第3相」

2

漫無邊際的七色雲海——

「……我在作夢嗎？」

獅子王巴爾蒙克，用拳頭毆打自己的額頭。力道重到足以留下紅色的痕跡，卻沒有醒來。

是現實。

眼前是比夢境更加如夢似幻的異空間。

「這裡是哪裡？我們……應該是在墳墓內部。短短一瞬間，就被轉移到了這麼奇妙的場所嗎！」

獅子王巴爾蒙克的聲音，在無垠的空間傳播開來。

從灰暗的墳墓，瞬間來到四面八方都被雲海埋進，直達天空盡頭的世界。那些雲還閃爍著淡淡的七色光輝，並非純白色。

「我深有同感，巴爾蒙克閣下。」

貞德面色凝重地點頭。

「身為指揮官，面臨何種情況都要保持冷靜。我一直努力做到這一點，不過這實在是……我的意志也快要動搖了。」

貞德聲音微弱，連發出熟悉的男聲都很痛苦的樣子。

「花琳，妳怎麼看？」

「——有比我更適合說明的人吧。」

用不著明言。

花琳默默對凱伊投以「就是你（凱伊）」的視線。

「所以，這裡是？」

「跟我在烏爾札聯邦的墳墓迷路時進到的地方很像。」

他無法斷言是同樣的地方。

七彩雲朵像海一樣綿延無盡的景觀，他有印象，但只是相似而已，未必是同一個場所。

……不能說鈴娜曾經被關在這裡。

……既然如此，能提供的情報是。

「我和鈴娜在這邊遇過一次切除器官。」

「……等等，凱伊，這麼重要的事怎麼沒跟我說！」

「不是刻意瞞妳。妳也不會相信有這種地方存在吧？」

貞德露出一副「虧我們這麼熟」的不滿表情，凱伊對她指向周圍。

「連親眼看見都難以置信的地方，就算由我轉述，妳也不可能相信。」

「……這、這……或許是吧。」

「我來到烏爾札人類反旗軍的總部時，本來就被當成可疑人士，如果我連這種地方都說出來，你們只會懶得理我吧？」

無法將事實全盤托出——

這是凱伊的煩惱。

他們本來就在懷疑「五種族大戰結束後的世界」，如果連這樣的異空間都說出來，對方顯然會失去耐性。

「我和鈴娜都是在這裡被切除器官盯上，立刻逃到墳墓外面。」

「你們成功逃出去了？」

「有門。跟剛才一樣，發出刺眼光芒的門——」

不過，現在看不見那扇門。

放眼望去，只有無止盡的石頭通道。

「如此可疑的地方，我很想趕快離開……不過，這條路和這裡的一切，感覺都是由某人創造出來的。」

魁梧的傭兵往腳下踩去。

石頭通道——讓人聯想到大理石的白色大理石紋路。想必相當堅固。巴爾蒙克這樣的壯漢用全身的重量使勁一踢，都沒出現半條裂痕。

「以這個硬度，光是加工石材鋪成道路，照理說也得花不少工夫。由此可見，是傳聞中的蠻神族遺跡嗎？」

疑似古代雕刻的莊嚴石柱。

沿著凱伊他們所在的通道，每隔數十公尺就設置一根，儼然是太古的神殿。

明顯是由人設計出來的。

「聽說天使宮殿浮在空中，那麼這個地方也是嗎？」

「截然不同。」

一口否定的不是別人，正是蠻神族(蕾蓮)。

在其他人交談的期間，始終一語不發的精靈伸手撫摸最近的石柱，靠在其上。

「與蠻神族的差異有二。首先，石柱及地板使用的物質不同。更重要的是，地板浮在空中的原理。天使宮殿憑藉天使龐大的法力浮在空中，這裡卻不一樣。」

「具體而言？」

「並非法力。不過要說其中毫無機關，也不盡然。老身也不清楚。」

如同浮在水面的樹葉。

這塊石地板也飄在廣大雲海的境界上。蕾蓮說的沒錯，要是沒有某種機關，整座石製迴廊理應都會沉入雲海底部。

「真令人好奇。老身不討厭這種地方喔。說不定是新的智慧寶庫。所以凱伊，咱們走。」

「……妳怎麼躲在我背後？」

「交給汝帶頭，是老身勇敢的考量。絕非出於恐懼。因為老身是負責出謀劃策的。再說一次，絕非出於恐懼喔。」

蕾蓮緊貼著凱伊的背，揪住他的上衣不肯放開。

順帶一提，鈴娜看了顯然很不高興，瞪著蕾蓮，當事者卻怕到沒有發現。

「欸，凱伊，那個聖靈族走得愈來愈前面了耶。」

「……那傢伙搞不好是我們之中膽子最大的。」

不知不覺間。

聖靈族英雄已經走到離他們數百公尺遠的前方。

儘管原本就不能確定聖靈族有無戒心，但移動到這種地方，她也沒有表現出一絲恐懼。

「平胸，不可以，給我放開凱伊！」

「有什麼關係？怎麼？還是說汝害怕了，想抓著凱伊走？」

「我、我才不怕呢！」

身後的兩位少女吵個不停。

……哎，算了。

……畢竟是在這種地方。熱鬧點反而會讓人靜下心來。

無聲的世界。

在這個連風都感覺不到的場所，除了他們以外，沒有其他會動的生物。彷彿連時間這個觀念都欠缺了，一切都靜止不動。

安靜。

會讓人感到安靜得毛骨悚然的，只有這裡了吧。

『…………』

六元鏡光停下腳步，左顧右盼。

前方是三岔路。正中央及左右。看似在更深處還有分歧。

『直走？』

「對，直走。轉彎也只會迷路。」

蔚藍少女轉過頭，凱伊點頭說道。

他拿著世界座標之鑰，繼續前進。

無視岔路。重現第一次不小心闖進這裡時的狀況。懷著要去確認這個空間延續到何處的意圖，專注地前進。

一小時。還是兩小時？

在喋喋不休的鈴娜及蕾蓮話也開始變少的時候。

『有了。』

走在最前面的六元鏡光伸手一指。

『有東西。祭壇？跟存在於人類遺跡內部的很像。』

「噢，就是那裡，我第一次來到這個地方時，鈴——」

鈴娜被綁在上面。

他急忙將差點脫口而出的話吞回去。

『有一名少女被綁在圓柱上頭。』

『像是作為某種儀式的活祭品一般。』

……令人懷念——呃，跟感傷有點不同。

……起初我也很猶豫，不知道該如何是好。

背上有對天魔之翼的少女。

凱伊記得自己不知道她是什麼種族，對她抱持戒心。當時要是他走錯任何一步，鈴娜現在肯定不會走在他身旁。

『————哦？』

像祭壇一樣設置在高處的廣場。

爬上未滿十階的樓梯，前方有三根更加莊嚴的大理石風圓柱，像要衝破天際般聳立於此。

六元鏡光抬頭看著中心，聲音略顯微弱。

『有一尊天使像。』

六翼天使「主天」艾弗雷亞的石像。

理應已經消失的大天使，以石化後的模樣安置於此，宛如一尊雕像。

「什麼！」

精靈巫女驚呼道，埋頭衝上樓梯。

貞德、花琳、獅子王巴爾蒙克則愣在原地，愕然地仰望。

鈴娜警戒地靠向凱伊。

『……嗯。鏡光稍微明白這個機關了。』

六元鏡光喃喃自語。

『鏡光跟這名天使戰鬥過。很像蠻神族的英雄。拉蘇耶說他消滅了，所以這個是？』

她緩緩登上祭壇。

由深藍色黏液組成的手，想碰觸石化的主天艾弗雷亞——

「慢著。不許碰。」

「汝這聖靈族想做什麼？老身拚上性命，也不會允許汝對主天閣下出手。」

蕾蓮尖銳的話語，打斷她的動作。

『……愚蠢。』

「什麼？」

『鏡光不確定這是主天。只將它視為與主天外型相似的石像。不過，妳的反應反而讓鏡光確定了。』

這尊石像正是主天艾弗雷亞本人。

對聖靈族英雄而言，最大的敵人之一。如今他淪為毫無防備的姿態。以他現在的模樣，想必能輕易破壞。

『要警戒鏡光的話，反而該故作無知。』

「……！」

『只不過——』

六元鏡光的手撫上石像。

指尖來回移動，彷彿在確認表面的觸感，但她並沒有像蕾蓮擔心的那樣，對石像出手。

『這尊石像沒有生命。鏡光不需要攻擊。』

「沒、沒這回事！」

『妳希望鏡光攻擊嗎？』

「不、不對！老身想說的是，別斷定這個石化狀態無法恢復。區區的石化。這種伎倆惡魔的法術也辦得到吧！」

襲擊烏爾札人類反旗軍的雕像魔，就是典型的例子。

在惡魔族的咒術中，「石化」是極其凶惡的種類之一。對沒有法力的人類來說，完全無法抵抗。

不過，同樣擁有強大法力的蠻神族就另當別論了。

「只要分析術式，應該能讓主天閣下復活。理論上來說……」

『鏡光不認為有那麼簡單。』

六元鏡光不停撫摸石像。

『這不只是單純的石化。看起來反而比較像結凍。類似石頭的部分大概只有表面。』

「……什麼？是、是這樣嗎？」

『妳修得好嗎？』

「別催！老身正在思考。」

蕾蓮在天使像前陷入沉默。

「凱伊，汝也來幫忙。」

「我也在動腦筋啊。可是……」

他想起來了。

被重新塑造成這個類似石像的「物體」的主天，儼然是——

『石頭不可能會說話。會說話就不是石頭。妳是什麼東西？』

「我是五種族大戰結束後的世界的存在。」

藍色大聖堂。

古代樹森林深處，靜靜聳立於未解析神造遺跡中的女神像。

他實在無法不聯想到那尊會說話的石像。擁有看透命運之力的預言神。那副模樣，與主天現在的身姿重疊在一起——

是巧合嗎？

然而主天艾弗雷亞看起來澈底凍結，也沒有意識。若要說兩者之間只是相似，並不一樣，凱伊也無法反駁……

……總之，這個異空間是怎麼回事？

……消滅的主天被封印在這裡？不，是遭到隔離？

「貞德閣下，你說那尊天使像是蠻神族的英雄？」

獅子王走上祭壇。

「此話當真？這尊石像做工精巧得嚇人。」

「是的。是曾經與我們交戰的天使。但她們剛才也提到，看來這並非單純的石化。調查起來應該頗費工夫。」

「不，用不著花多少時間。」

留鬍鬚的壯漢，用引以為傲的剛臂舉起金屬鎚。

「若這是那位英雄的石像，在這裡破壞它也是為了全人類好！交給我吧。這種雕像，我一擊就──」

「就說了不行啊啊啊啊啊啊啊！」

「唔。放、放開我，蕾蓮小丫頭！」

「怎麼可能放手！」

蕾蓮緊抓著壯漢的腰部。這個畫面有如黏著大人不肯放開的小孩，或許是因為她在精靈之中，屬於體格較為嬌小的人。

「好了，小不點。等等給妳糖果吃。這樣妳就沒意見了吧？」

「別把老身當小孩子看！凱伊，貞德，汝等也別站在那邊看，幫忙說幾句話吧！」

「那個……巴爾蒙克指揮官？」

傭兵彷彿下一秒就要揮下鎚子。

這時出面調停的，是烏爾札人類反旗軍的指揮官。

「這尊石像還有調查的價值。在這裡破壞掉，會失去重要的研究資料。」

「唔……有道理。」

「說不定還有其他東西。現在先以探索為優先吧。」

貞德的視線再度落到石製迴廊上。

這座祭壇並非終點。前方還接續著迴廊，延伸至廣闊無垠的雲海盡頭。

「重點是要找到出口。這樣的祭壇或許不只一座。」

這一刻——

男裝指揮官頭上，發生了異變。

『無座標界遭到命令外入侵。偵測到針對已消去英雄的接近反應——』

理應空無一物的空間，出現漩渦狀的黑點。讓人聯想到漩渦的洞穴靜靜擴大，「某物」憑空出現。

『判斷對新世界的干涉危險性為「警戒」。』

『啟動切除器官Ｉ相「破壞意志」，開始排除———』

奇怪的異種族少女。

外觀酷似人類，下半身卻是獅子般的四足。

腹部空出一個洞，發出如同雷擊的光輝。背上長著只有骨骼的翅膀。

由無數種族混合在一起的外型，跟鈴娜相同——

不過那是。

那是構造更加雜亂的不平衡姿態。

『……啊……哈哈、哈……』

聲音產生回音。

外觀如此駭人，聲音卻讓人聯想到楚楚可憐的少女。

……不是之前出現過的傢伙。

……是其他個體嗎！

「什、什麼！這怪物是怎麼回事！從哪裡出現的！」

罕見的怪物降落於祭壇上。

獅子王為那異樣的氛圍瞪大眼睛，卻沒有後退，穩穩站在原地，不愧是身經百戰的傭兵。

『這傢伙……』

蔚藍少女用冰冷的聲音說道。

『是跟拉蘇耶在一起，攻擊鏡光的那一隻。』

「原來如此。那傢伙（拉蘇耶）的走狗啊。即為害主天閣下變成這樣的元凶之一……」

蕾蓮的語氣帶著殺意。

她握緊手中的新月色小刀。

「那傢伙（拉蘇耶）等會兒也會出現嗎？那就簡單了。」

『不可能。』

「……聖靈族，這話什麼意思？」

『那隻野獸和這傢伙湊在一起，誰都贏不了。再說，眼前這東西很強。』

六元鏡光與切除器官對峙——

面對帶著詭異淺笑的異種族，聖靈族英雄平靜地說。

『這是世界的敵人。僅僅一隻，就可能打亂世界的均衡。』

萬物之敵。

改變世界的存在。

『搞不好比四種族的英雄更強。』

怪物嬌豔的笑容，撼動了無座標界。

彷彿在肯定這句話。

World.6

Chapter: 撕裂世界之物

Phy Sew lu, ele tis Es feo r-delis uc l.

1

lu xemille-l-phenoria xiss.
（一切沒機會誕生於世上的孩子）

Sez cia lisya pha peln lef Es.
（我來代替你們愛這個世界吧）

eyen Ez et shela, alra, hem, meki, ende bleiya.
（盡情地 撫摸 觸碰 擁抱 破壞它）

「來得正好。老身反而就在等這個機會！」

蕾蓮翻動七件式和服，彎下身子。

備戰狀態。憑精靈那能在森林中奔跑的腳力，想必隨時都能一步衝到切除器官身前。

「為主天閣下報仇。問出牙皇的目的。叫這廝帶咱們到異界的出口。一石三鳥！」

「我大致贊同。」

獅子王巴爾蒙克向前走到蕾蓮旁邊。

一臉凶相的他，表情變得更加嚴肅。

「別看我這樣，我可是和平主義者，但這傢伙不是能溝通的對象……有股討厭的氣味。令人作嘔的屍臭。」

「花琳。」

「貞德大人，請您退到後方……原來如此，這就是攻擊主天的怪物。我也從未見過這種異形。」

花琳手持彎刀，一步都沒移動，與敵人保持距離。

——死線。

——憑藉戰士經驗推斷出來的死亡間隔。

獅子王巴爾蒙克和蕾蓮也一樣。跨出一步即可擊中敵人，他們卻刻意按兵不動。

『…………觀察……侵入者……排除……視需求而定……破壞……』

祭壇一角。

扭曲的異形種，發出啪嘰啪嘰的聲音爬上樓梯。

若神真的存在，她儼然是由神的惡意具現化而成的怪物。這副模樣就是如此驚悚，令人不寒而慄。

「六元鏡光！」

凱伊率先大叫。

對著少女外型的深藍色黏稠生物。

「妳應該跟她交手過一次。這傢伙的攻擊手段是？該注意什麼才好？」

『不能被抓住。』

六元鏡光凝視登上祭壇角落的切除器官。

『被那隻手臂抓住，會消失。鏡光的身體少了一半左右。』

「……是那個無座標化嗎？」

他握緊世界座標之鑰。

希德靠這把劍贏得五種族大戰。對四種族的英雄也管用的劍。然而，對這隻怪物不曉得有沒有效。

……攻擊冥帝的那傢伙，反而被冥帝的法術消去。

……既然如此，鈴娜的法術或蕾蓮的法具也會管用嗎？

凱伊凝視異形怪物的一舉一動。

然而——

登上祭壇時，切除器官停止了動作。只有眼球左右移動，顯得十分駭人，卻沒有要衝過來的跡象。

「喂，凱伊。那傢伙不像要攻擊咱們……全身漏洞百出啊……」

「別靠近，小不點。野獸啊，通常在撲向獵物的前一刻最安分。所以——」

巴爾蒙克拿出綁在背上的槍。

榴彈槍。裡面裝的是用來對付聖靈族的燒夷彈，槍本身卻是配合獅子王過於常人的臂力製造的大型訂製品。

「既然妳不動，看我逼妳非動不可。不躲開就乖乖吃子彈吧。」

他將槍口對著怪物。

敵我間的距離約十公尺。

『啊————————』

突如其來地。

一動也不動的切除器官的嘴巴，勾起歡喜的笑容。

『監、監視個體數……七、七七七……篩選，完、完畢……對禁忌單詞「希德」的反應數量，三……將其……破、破破破壞壞壞…………』

純白如精靈的左臂。

被鱗片覆蓋，宛如一條蛇的右臂。

切除器官Ｉ相「破壞意志」大大展開雙臂，開口宣告。

『排除無反應的四。』

滋。

發出燒焦般的聲音，溶進虛空中。

貞德、花琳、獅子王、蕾蓮背後出現扭曲的大洞，另一側是墳墓內部的景色。

「什麼！」

「唔喔喔——這陣風是什麼！」

被吸進去了。

整個空間宛如拔掉栓子的浴缸，繞著漩渦將四人拉進大洞的另一側。

「————貞德！」

「凱伊——！」

凱伊把手伸向即將被大洞吸過去的青梅竹馬。觸及她的指尖，正準備使力握住她時——

『排除完畢。』

空間關閉。

花琳、獅子王、蕾蓮，以及凱伊應該抓住了她的手的貞德，都從這個空間澈底消失。

只剩下凱伊、鈴娜和六元鏡光。

「凱伊！貞咪他們！」

「不會有事的……」

他咬緊牙關，維持鎮定。

若情況允許，凱伊也想放聲大叫，不過現在得先把注意力集中在眼前的怪物上。

「妳也看到了吧？他們四個只是被吸到那裡而已。我看是回到墳墓中了。」

他指向開了個大洞的虛空。

「問題反而是我們。這傢伙為什麼只留我們下來？想想看原因，就知道我們接下來該做什麼。」

『同感。她剛才說了對「希德」一詞的反應。鏡光等人是被刻意留下的。』

六元鏡光向後退了一步。

『這東西的習性，大概是會攻擊擁有希德記憶的對象。因為鏡光等人存在，會讓世界產生矛盾。』

『破壞。』

切除器官張開翅膀。

只有骨骼，如同化石的翅膀——那就是宣戰布告。

黑色廣場鴉雀無聲。

墳墓內部——

打破靜寂的，是靈光騎士貞德的喊叫聲。

「凱伊！鈴娜！你們在哪裡？回答我。蕾蓮，妳那邊如何！」

「不行。感覺不到那兩人的氣味和聲音。不在這附近。」

精靈與獅子王從複雜得如同一座迷宮的牆壁後方走出。

為何只有凱伊與蕾蓮消失了？

「貞德閣下，花琳，來這邊。緊急情況。」

獅子王揮手招呼兩人往內移動。

彎進十字路口的瞬間，炫目的光芒刺進貞德眼裡。

「太陽！」

「看來我們被轉移到墳墓正面了。」

一扇機械門空在前方。

地平線上方，是飄在蒼穹中的雲朵及燦爛的夕陽。墳墓正門位於離地三十公尺高的位置。

從這令人雙腿發軟的高度，足以將格蘭多．亞克大平原一覽無遺。

「我們應該是從墳墓後面進去的才對啊……」

「是啊。現在門卻在正面。在那個奇妙的空間被怪物攻擊，回過神時就到了這裡。」

離開墳墓的門扉近在眼前。

「看來那個叫切除器官的怪物，十分抗拒我們侵入內部。」

花琳站在門前，瞇眼看著照進墳墓的夕陽。

「不過，我無法理解。若她的目的是驅逐我們，凱伊跟鈴娜理應也會回到這邊。」

「那個聖靈族也是。無論如何，可以確定不在附近。」

「若他們跟切除器官一同留在祭壇，那可就麻煩了。」

精靈巫女咬牙切齒地說。

「……我要回去。」

撲通狂跳的心臟，驅使貞德轉過身去。

「再從墳墓後方侵入內部一次吧。通往異空間的門應該還在！」

「慢著，貞德閣下。」

強壯的右手放到她肩上。獅子王不由分說地用力抓住她的肩膀，貞德回頭望向身後的巨漢。

「巴爾蒙克閣下，你在做什麼！事態刻不容緩！」

「所以我才叫你冷靜點。」

同時也是一名熟練傭兵的男子，對她投以堅定的目光。

「那隻怪物明顯不正常。就算回去了，你有自信解決掉嗎？」

「這……」

『搞不好比四種族的英雄更強。』

那個「靈元首」六元鏡光是這麼說的。

貞德和蕾蓮，也親眼目睹主天艾弗雷亞敗在切除器官手下。

雖說是偷襲，他們真的贏得了葬送蠻神族英雄的怪物嗎？

「那我該怎麼做……！」

「是我。」

這個回答——

不是針對貞德，而是對他拿出的通訊機說的。對正在眼底的大平原待命的部下。

「總隊長，把那東西運過來。對，現在就要。」

他中斷通訊。

貞德緊張地凝視他，獅子王用力點頭。

「走吧，貞德閣下。我也是個傭兵。沒有識相到會夾著尾巴從切除器官（那隻怪物）手下逃離。」

2

無座標界。

染成七色的雲海與架在雲上的石製迴廊。僅僅由兩個要素構成的無機空間。其中——

『嘻！』

怪物崩壞的笑聲化為為殺戮揭開序幕的銅鑼，響徹四方。

切除器官Ｉ相「破壞意志」。

身體四處都有缺陷的異形少女彎下腰，大腿發出詭異的「啵」一聲，瞬間膨脹。

「要來了！」

張開翅膀的切除器官彷彿要從石頭地板上彈射而出，衝向他們。

白皙如雪的纖細左臂，宛如楚楚可憐的少女。可是他很清楚，那隻手不像外表那麼柔弱。

……絕對不能被碰到。

……被抓住的瞬間，就會跟主天一樣消失！

「凱伊！」

「鈴娜，快離開！」

目標是自己（凱伊）。

意識到這一點的鈴娜挺身保護他前，凱伊便在祭壇的地板上一蹬，跳了起來。

『——嘻。』

絕對強者（切除器官）的嘲笑。

連由眾多法具保護的大天使（艾弗雷亞）都無法抵抗這隻怪物，遭到消去。區區人類，被那隻手碰到直接消失都不奇怪。

「如我所願。」

陽光色的一閃。

凱伊舉起的世界座標之鑰，正面擋開切除器官伸出的手臂。

『？？？？？？？』

異形少女的笑容僵住了。

「接著換右邊。」

被鱗片覆蓋，如同蛇尾的右臂。

像鞭子一樣延展，瞬間增加到四公尺長，伸向凱伊背後。就連這一擊，凱伊都在轉身的同時抵擋開來。

『……更正……戰力情報……威脅性認知……！』

切除器官將眼睛睜大到如同一顆球。

她來回注視世界座標之鑰，想跳下祭壇，暫時拉開距離，動作卻忽然僵住。

鈴娜繞到了她身後。

切除器官偵測到那裡捲起一陣龐大的法力旋風。

「……妳對凱伊出手了。」

『？』

「我絕不原諒！」

切除器官還沒回頭。

鈴娜就全力毆向怪物背部。混沌種鈴娜體內蘊藏的龍族臂力，將切除器官的背部打得吱嘎作響。

不過。

「……好硬……！」

反而是紅腫的拳頭被彈了開來。

「這傢伙的背是什麼構造啊。比鐵還要硬……！」

『喀喀。』

怪物的頭部旋轉了一百八十度。

接著，她展開雙臂，撲向金髮少女。

『拘束——』

「不要！我才不要被凱伊以外的人抱！」

在從兩側逼近的手臂抓住她之前，鈴娜踢飛了切除器官。

「還沒完呢！」

白與黑的羽毛飛舞於空中。

鈴娜背上的天魔之翼大大展開，證明她拿出了全力。

——豪雷從上空落下。

甚至能用光柱一詞形容的巨大雷電，以神聖的光輝照亮祭壇。

雷之奔流從頭頂貫穿到腳尖。切除器官全身的體表都化為黑炭，翅膀歪向一旁。

『拘束。』

「！還有辦法動嗎……！」

確實造成傷害了。怪物卻不為所動。不曉得是沒有痛覺，還是擁有超出常理的生命力。跳躍的速度也沒有下降，反而更加快速——

『抓到了。』

深藍色的手臂纏住切除器官的脖子。

怪物的注意力都放在凱伊跟鈴娜身上，沒發現從後方偷偷接近的黏稠生物。

『離遠一點。』

沒等兩人回應，六元鏡光的右臂就爆炸了。上百個黏液群飛沫黏在異形的全身上下。

——萬象鏡化「雷」——

雷花大大地綻放。

凱伊向後退去，連鈴娜都倒抽一口氣，猛烈的雷擊灼燒大氣。

……雷光花的電擊？

……這也是以自己的黏液群(身體)為燃料發動的聖靈族法術嗎？

威力跟雷光花截然不同。絲毫不遜於高階惡魔的破壞法術——不，威力更在其上。最棘手的部分在於——

……如果我是遭受攻擊的那一方。

……就算有世界座標之鑰也抵擋不了吧？

畢竟法術的源頭是六元鏡光那四處飛濺的無數黏液群。數量不只一兩百的細胞片釋放的電擊，哪可能統統斬裂。

蕾蓮的靈裝「七姬守護陣」亦然。

即使是能同時防禦七道法術的衣服，也無法澈底防禦上百的雷擊。

『累了。』

「六元鏡光！妳……」

『身體，用完了。不行了。』

雷電戛然而止。

遮蔽視線的光芒消失後，祭壇上的藍色黏稠生物縮小了一圈。

與鈴娜一樣高的身軀，變得比身材嬌小的蕾蓮更小。

這就是聖靈術式的代價。

『之前跟拉蘇耶的那一戰，導致鏡光的身體所剩無幾。雷電也只有這麼一點。』

「看起來並不像『只有這麼一點』。」

祭壇上的切除器官。

異形的身體一個踉蹌，在跪到地上前勉強踩穩腳步。

『……損傷……對隱藏「門」……造成障礙……』

光的龜裂。

緊接著，上空出現一道光，形成神聖的門扉。

「凱伊你看，是門！」

「她說的『隱藏』是這個意思嗎。」

離開異空間的出口，打從一開始就存在於祭壇。而這隻怪物藏住了它。

「鈴娜，我們走。六元鏡光，就是那扇門！」

『……身體好重……』

或許是連維持外型都會帶來痛苦，六元鏡光的下半身由人類的腿，轉變成沒有固定形狀的黏稠生物。

「動得了嗎？」

『……可以。』

人類的雙腿重新形成。然而，聖靈族英雄並未拔足狂奔。切除器官阻擋在光之門前。

笑了出來。

『「世界■■」覺醒。開始執行切除器官「覆寫」——』

凱伊的視線前方，異形少女身周的空間逐漸扭曲。出現於虛空中的黑色漩渦，包覆住受損的全身。

黑色漩渦收縮。

空間停止歪斜，一片靜寂，彷彿什麼事都沒發生過。

『完畢。』

切除器官修復完畢。

簡直像時間倒流。身體一道傷痕都沒有。身後即將敞開的發光門扉也在緩緩關閉。

「不會吧！……那、那什麼呀。傷口痊癒了！」

『再生。但未免太快了。』

「不對。」

用不著多少時間，凱伊就明白了。

「是覆寫。將那傢伙本身覆寫成全新的模樣！」

改變主天艾弗雷亞的力量。

將這個力量用在自己身上，連同大量的損傷更換整具身軀。結果就是一切都回歸於無，宛如時間倒流。

而且不只一次。恐怕能用同樣的能力無限復活。

「這傢伙等同於不滅嗎……！」

『咯哈。』

切除器官發出詭異的嘲笑聲。

雙手亮起深紫色光芒，描繪出不祥的法術圓環。

『再現禁咒．降魔假面。』

白色祭壇地板上，冒出一整片古代魔（Demon）的臉。古代魔的臉在凱伊、鈴娜及六元鏡光腳下，緩緩張開嘴巴。

……這是什麼！

……惡魔的法術？不對，這種東西連五種族大戰的紀錄都沒記載。

「凱伊，快逃，會被詛咒吞沒的！」

惡魔的臉發出詭譎的光芒。

被那道光芒照到的瞬間，凱伊和鈴娜一同跳下祭壇。一口氣跳過十幾層階梯，躍向下方的石製通道。

慢了一拍的六元鏡光，也跟著降落於後方。

腹部被先行一步的切除器官用右手貫穿。

『捕獲聖靈族。』

『！』

身體被刺穿，黏稠生物的身體也不會受到損傷。不過足以封住六元鏡光的動作了。

『執行無座標——』

「休想得逞。」

劍閃。

世界座標之鑰的光輝，輕而易舉地砍斷貫穿六元鏡光的手臂。像蛇一樣布滿鱗片的手臂，掉落在冰冷的石頭地板上。

「第三次。再怎麼說也該學到教訓了！」

冥帝凡妮沙、主天艾弗雷亞，以及現在。

攻擊想起希德的英雄。只要掌握其行動原理，就不難應付。

『……你救了鏡光？』

「都這個時候了，就該互相幫助。比起這個，快退下！反正這傢伙的手臂馬上就會再生！」

掉在地上的手臂迅速萎縮。

切除器官看著自己的手臂化為細小沙塵，有如沙漠中的沙子，若無其事地將右肩舉向天空。

『執行覆寫——』

右臂逐漸具現化。

並非像蜥蜴那樣慢慢長出來，而是憑空出現一隻完好無缺的手臂，接在肩膀上。

『完畢。』

「嗯，我就知道！」

凱伊咬緊牙關，使勁握住希德之劍。

……不打倒這傢伙，就無法離開異空間。

……需要的是一擊必殺。

對她造成連覆寫的時間都沒有的重創，令其失去戰力。凱伊跟鈴娜互看一眼，默默點頭。六元鏡光應該也做好覺悟了吧。

然而。

就在這時，發生了凱伊及切除器官都「意想不到的事」。

「咦？」

咚。

通往祭壇的樓梯前，正準備撲過來的切除器官停止了動作，凝視地板。不久前才再生的右臂——

跟剛才一樣掉在地上，回歸塵土。

『？』

察覺異狀的切除器官，再度將右肩對著上空。

『執行覆寫——』

『不允許竄改。』

『世界座標之鑰能斬斷命運。不允許「覆寫」已切除的命運。』

剎那間。

大概只有凱伊一個人，聽見祈神的聲音從世界座標之鑰傳出。

——沒有發動。

被鈴娜及六元鏡光的雷電擊中時發動的「覆寫」，沒有反應。所有人都茫然看著這一幕，切除器官背後的光之門再度開啟。

通往墳墓的出口。

「好厲害！是凱伊做的嗎！」

「不，我什麼都沒做……可是……」

希德之劍綻放陽光色的光芒。

凱伊知道這把劍能「斬斷命運」。但連他都沒想到能夠讓切除器官的傷口不會再生。

切除器官能覆寫命運，「讓傷口從未存在過」。

不過，世界座標之鑰正是將其從根本切除的劍。在與冥帝、主天交戰時，他就明白了。

「……我誤會了嗎？」

希德靠這把劍贏得五種族大戰。

因此世界座標之鑰是對抗四種族英雄的殺手鐧，自己一直這麼認為。事實卻並非如此？

這把劍存在於別史的理由。

希德將它保管在惡魔墳墓的理由——

「難道它是對抗切除器官的殺手鐧！」

「覆寫」世界的命運，是神一般的力量。世界座標之鑰卻能藉由切斷命運，讓竄改無效化。

……不允許竄改命運？該不會——

……那個世界輪迴也是。

所有歷史都遭到覆寫，所有種族都失去了正史的記憶。為何只有自己（凱伊）保有原本的記憶？

……我第一次看到希德之劍，是在十年前。

……摔進惡魔墳墓的時候。

被無數隻惡魔包圍。

他記得自己在遭到攻擊的前一刻，拚命抓向世界座標之鑰。當時他確實碰到了世界標之鑰。

他只想得到這個可能。

從初次碰到希德之劍的十年前開始。

凱伊就被認定為希德之劍的新主人。

——世界座標之鑰，保護了主人（凱伊）。

在世界輪迴改變歷史的過程中。

只有自己（凱伊）得以從命運以世界規模遭到「覆寫」的現象下逃離。世界座標之鑰不允許竄改命運。

……世界座標之鑰，不只是終結五種族大戰的劍。

……為了對抗世界輪迴，希德才將這把劍藏起來嗎！

為何希德有辦法預測未來會發生世界輪迴？

理由雖然尚未明瞭，有這把劍就能對抗竄改命運的力量。

『希德是敵人。鏡光也怨恨世界座標之鑰。』

六元鏡光露出煩惱的表情。

『現在鏡光卻覺得那把劍很可靠，有點不甘心。』

「還沒結束。」

凱伊默默瞪向切除器官。

「只是攻擊變得有效而已……事態並未好轉。」

找到對抗不死身的突破口了。與此同時，也代表這隻怪物會被逼得使出全力。

『————絕不原諒。』

異形少女表情如同壞掉的人偶，低聲說道。

『再現禁咒．降魔假面。』

「剛才的法術嗎！」

古代魔的臉從地板浮現。

剛才他們所在的地方是寬廣的祭壇，如今卻是狹窄的迴廊。無路可逃。

「鈴娜，衝到祭壇上！」

三人再度移動到祭壇。鈴娜於空中飛舞，凱伊衝上樓梯，一步就跨過兩層階梯。六元鏡光則慢了一步才跟上。切除器官近在身後。

「手給我！」

凱伊從祭壇上伸出手。

六元鏡光察覺他的用意，舉起手來。由黏液構成的手臂像橡膠似的伸長，握住祭壇上，距離超過十公尺的凱伊的手。

「縮回去！」

伸長的手靠反作用力一口氣收縮。這股反作用力，讓六元鏡光的身體從地上浮了起來。甩開下一秒就要襲向她的切除器官的手，飛向祭壇。

——本應如此。

凱伊。甚至連從怪物手下逃離的六元鏡光都這麼認為。

『權限開放。』

切除器官伸出手。

差一點碰到飛上祭壇的六元鏡光。然而——

『允許使用高階能力「種族竄改（Alter Code）」。』

白皙如雪的纖細左臂。

指尖抓住了六元鏡光的「影子」。撈起不可能碰得到的影子，將它自地板上剝離。

「什麼！」

『好痛。』

她的呻吟聲，令凱伊懷疑自己聽錯了。

痛？聖靈族的英雄在叫痛？

由黏液群組成的肉體，應該沒有能感覺痛覺的器官才對。被切除器官的手臂貫穿，依然沒有任何反應的六元鏡光，竟然在叫痛？

『中招了。』

降落於祭壇的蔚藍少女跪在地上。

『生命被搶走了。』

「……妳說什麼？」

異形怪物一步步登上祭壇。

凱伊及鈴娜緊張地凝視六元鏡光被她用指尖撈起來的影子，影子迅速膨脹，開始蠕動。

黑影的模樣化為不祥的斑紋。

跟變形蟲一樣蠕動著，逐漸變成熟悉的少女姿態。

——聖靈族的英雄「靈元首」六元鏡光。

但外表並非海藍色，而是由斑紋組成的有毒色彩。黏液做的身體也長著好幾根像山羊的彎角。

『生氣。』

六元鏡光的聲音蘊含殺氣。

她瞪著剛誕生的自己的假貨。

『這不是對鏡光的挑釁。是對聖靈族整體的褻瀆。現在，鏡光全世界最討厭的東西，從希德變成了這傢伙。』

生命遭到改造。

……若六元鏡光所言屬實。

……她奪走其他種族的生命當材料，將其改造成這麼噁心的生命嗎！

將他人的存在本身「覆寫」的能力。

等同於神明。不，是連神都不被允許擁有的悖德之力。

「這隻怪物到底是怎樣……」

「我也超討厭她的。」

鈴娜用因恐懼而顫抖的喉嚨，壓低音量接著說道。

「理由不知道，不過非常討厭。光看到她就心神不寧。」

「是啊。」

另一方面，幻獸族英雄拉蘇耶的謎團愈來愈深了。他如何馴服這種怪物，又有何企圖？

『……我是，「靈元首」六元鏡光……』

色彩駭人的黏稠生物，搖搖晃晃地走近。

『……的化身（Avatar）。』

黏液群蠕動著。

化為豈止人類，連戰車都能包覆的高大肉牆，緊逼而來，企圖壓垮他們。

——目標是自己（凱伊）。

「凱伊！」

「別管我，鈴娜。看前面！」

凱伊看見的，是切除器官朝空中的鈴娜張開翅膀的舉動。

不是飛，而是跳。彷彿從地上擊發的砲彈，跳向鈴娜。

……只有我的世界座標之鑰造成的傷口，切除器官無法再生。

……所以她要澈底避免跟我交戰。是這個意思嗎！

命令六元鏡光．變（Avatar）跟凱伊戰鬥。

切除器官本體則負責妨礙鈴娜協助人類（凱伊）。有策略性到嚇人的地步。

『危險，人類。會燒起來。』

「唔！」

——萬象鏡化「火」——

斑紋黏稠生物發出火焰。

朝凱伊逼近的肉牆像岩漿般沸騰，噴火。朝四面八方散播灼熱的火焰。

「竟然連同樣的能力都會！」

『幸好鏡光處於虛弱狀態。不幸中的大幸。被奪走的生命很小，所以這火焰也非常小。』

六元鏡光跟凱伊一樣，從熱浪下逃離。

『伸到腳下了。』

「知道。」

黏稠生物的觸手伸到凱伊腳下，他在往下跳之時用世界座標之鑰砍下去。被砍斷的黏液群當場消滅。

然而，六元鏡光．變的動作並未產生變化。

……砍斷觸手也沒意義。

……原來如此。對黏稠生物來說，世界座標之鑰只不過是把銳利的劍。

換成亞龍爪的火藥就另當別論了吧。

面對聖靈族、幻獸族之類的敵人，比起世界座標之鑰，靠單純破壞力取勝的槍刀更有效。

「那是妳自己吧。沒有好主意嗎？核心的位置在？」

『不能告訴其他種族。』

「……也是。」

『不告訴你的原因還有一個。說起來，鏡光不認為她的核心會跟鏡光在同樣的位置。最好把她視為其他種族。』

她說得很對。

連六元鏡光都不知道核心位置的話，六元鏡光・變也跟切除器官一樣，在另一種意義上接近不死身。

『不過，鏡光有點在意。』

「在意什麼？」

『為何那傢伙（切除器官）一直將鏡光等人隔離在異空間（這裡）？明明那個叫蕾蓮的蠻神族和其他人類，都被丟出去了。』

「因為她盯上的是我們吧。有貞德他們在會很麻煩。」

『不對。』

「咦？」

『起初鏡光也這麼認為。可是，不對勁。』

統率聖靈族的英雄斷言道。

指著阻擋在面前的六元鏡光‧變。

『她有那個能力竄改種族，數量不足以構成不利條件。因為對那傢伙（切除器官）來說，只是多了可以拿來增加棋子的目標。』

「……的確。」

若貞德和蕾蓮留在這裡，她們八成也會成為竄改種族的目標。異形會多出新的化身，導致戰況變得更加激烈。

「妳的意思是，那傢伙（切除器官）之所以堅持把我們留在異空間（這裡），還有其他理由？」

『但鏡光也不知道理由。』

「……不。」

這樣就夠了。

有了六元鏡光解讀出的提示，凱伊心裡浮現一個可能性。

『明白了？』

「嗯，感謝妳！」

六元鏡光並不知道。

但對於經歷過冥帝戰的凱伊而言，六元鏡光的推測提供的線索太過重要了。

「被冥帝摧毀的切除器官沒有再生！」

『……啊。』

「就是這樣。」

『區區主天的走狗，難道真以為能摘下朕的首級？』

『冥帝凡妮沙的抵抗值提升？出乎意料的法力。距離無座標化的完結尚有——』

『四散吧。』

攻擊冥帝凡妮沙的切除器官，反而觸怒了她，遭到還擊。

那就是答案。

「那傢伙只能在這個異空間『覆寫』身體！」

『或是鏡光的化身只能活在異空間（這裡）。無論如何，在這邊戰鬥，對鏡光等人來說沒有任何好處。』

「我也這麼認為……不過要怎麼做？」

祭壇上空，切除器官正在跟飛舞於空中的鈴娜激戰。

凱伊的世界座標之鑰砍斷的右臂沒有復原。切除器官受到損傷，導致通往異空間外的光之門也處於實體化狀態。

……現在門出現了，想逃出去並不困難。

……可是若要打倒那傢伙，她不追上逃到外面的我們就沒意義了。礙事的人已經統統排除到異空間之外。

從切除器官的角度來看，這樣最低目標就達成了吧。追到「覆寫」能力不管用的外界的機率很低。

『鏡光等人逃到外面，引她到墳墓。在那邊打倒她就行。』

「引？」

怎麼引？

凱伊開口詢問前，蔚藍少女在地上一蹬，衝了出去。

『這樣。』

衝往祭壇中央——

撿起石化的主天艾弗雷亞。

『～～～～～～～！』

異形種少女發出超越「聲音」這個次元的咆哮。她看都不看撲向自己的鈴娜一眼，瞪向抱著主天的六元鏡光。

『石像果然很重要。驚人的怒氣……大氣在害怕……』

「鈴娜，快過來！」

「嗯、嗯！」

凱伊跟著六元鏡光，和鈴娜在同一時間跳進光之門。

前往光輪的另一側。

黑色墳墓內部．正面入口附近——

凱伊被炫目的光芒刺得閉上了眼一瞬間。

再度睜開眼睛的下一刻，他跟鈴娜一起降落於堅硬的黑色地板上。一陣冷風拂過臉頰。

「這裡已經是墳墓裡面了嗎？」

過於突然的空間移動，導致他沒有立刻理解狀況。

伸手不見五指。

跟滿溢七色光芒的異空間比起來，這個地方的光源只有發光石散發的微光，等同於無光的黑暗。

「回來了！……咦，不是這裡？」

「不是我們進來的地方。總之快跑！」

背後出現新的氣息。

同時，令人汗毛直豎的吼聲於墳墓迴盪。不是人類，也不是野獸的聲音。是不屬於這個世界的異形咆哮。

「果然追過來了！」

六元鏡光的推測沒錯。

蠻神族英雄被隔離在那個異空間是有其原因的。現在，切除器官激動不已，想要奪回那個證據。

在抹消目擊者之後。

「凱伊！那傢伙的模樣……！」

鈴娜驚呼道。

異形少女從光之門後面爬出。凱伊回過頭，聲音在喉間凍結。

——異形進化。

額頭出現會讓人誤認為寶石，閃耀璀璨光芒的第三隻眼。

嘴巴裂開到兩耳的部分，從裡面露出一口利牙。白皙如精靈的纖細左臂也爆炸性地膨脹，比獅子王的手臂更粗。

……看來她不打算做竄改種族這種事。

……純粹是用來破壞的型態。

非得將眼前的敵人盡數破壞，才會停止。

『逃到外面。』

六元鏡光扛著主天的石像，衝往昏暗道路的前方。

『鏡光聞到精靈的味道。』

「凱伊，對面有光照進來！一定是出口！」

鈴娜振翅在天花板下方飛翔。

凱伊也跟著和六元鏡光並肩狂奔而出。短短數秒過後，異形少女從後方以猛烈的速度追上。

發出「滋滋滋」的異常腳步聲。

地震的規模絲毫不遜於巨獸貝西摩斯。明明體型跟鈴娜差不多。

「鈴娜，還沒到嗎！」

「快了！陽光就是從那邊照進來的！」

在十字路口右轉。

幾乎在隊伍最後的六元鏡光轉彎的同時，黑色牆壁發出巨響碎裂。

『——要去哪裡？』

怪物破壞牆壁，從最短距離衝過來。

「凱伊，快點！」

「鈴娜，妳先飛過去！六元鏡光，快————……唔！……」

石像掉在地上。聖靈族英雄將抱在懷裡的主天扔出去，杵在原地。

『累了。』

這句話……

儼然是已然耗盡的生命的最後一滴。凱伊這麼覺得。

『快到出口了。把那東西（石像）拿去吧。』

「————等等，六元————」

凱伊伸出手。

卻跟大天使的石像一起被掃開。不是其他人，正是六元鏡光伸長的觸手鞭子。

為了讓他盡量遠離此處。

『捕獲。』

膨脹到噁心地步的手臂，將聖靈族英雄一把抓起。

用要將其捏碎的力道握緊。

『執行無座標化。將英雄·六元鏡光的「紀錄」自世界切除。』

『…………』

那個瞬間。

凱伊確實聽見了蔚藍少女吐出的言靈。

——萬象鏡化・終演「光」——

宛如白夜的光輝。

令人屏息的衝擊。

傳達到墳墓各個角落，產生回音的巨響。

從蔚藍少女體內膨脹、破裂，化為巨大的光芒暴風，將切除器官捲入，席捲墳墓內部。

破壞力大到震得牆壁像骨牌一樣倒下、粉碎。

——螢火。

光芒的顏色和亮度，明明都不一樣。

那夢幻的氛圍，卻讓凱伊聯想到燃燒生命發亮的螢火蟲。

「…………」

啪滋。

已經看不出原形，碎成上千塊的黏液群，黏在凱伊的臉頰上。是構成聖靈族英雄肉體的殘渣。

地板上。天花板上。

海藍色碎片黏在凱伊的臉頰及衣服上。

「…………什麼……啊……」

與切除器官一同化為閃光消滅。

聖靈族是人類之敵。

聖靈族的英雄，是悠倫聯邦最大的威脅。那是正史與別史共通的事實。六元鏡光自己不也說了，至今依然恨著希德嗎？

沒錯。是敵人。

絕非同伴。

…………

…………

…………應該是這樣的。

自己感覺到的強烈喪失感，究竟為何物？

喉嚨又乾又痛，冷汗不停從額頭滴落。心跳快到會發疼的地步。

「凱伊——！找到貞咪跟平胸了！」

鈴娜的呼喚聲，令他猛然回過頭。

陽光從轉角照進。貞德及蕾蓮背著光，氣喘吁吁地跑過來。

「凱伊，你沒事吧！」

「快過來……主天閣下！還有這異常的法力又是？到底發生了什麼事！」

於墳墓內部盤踞的龐大氣流，是六元鏡光爆炸時產生的。

蕾蓮感覺到那股力量，臉色發青。但她立刻回過神，衝向倒在裡面的石像。

「唔，怎麼這麼重。貞德，幫老身把主天閣下搬出去。」

「等等。凱伊，那隻怪物呢？你們平安逃出來了嗎？」

貞德警戒地凝視通道深處。

兩人還不知道。

為了打倒不滅的切除器官，他們拿主天的石像當誘餌，將其引到異空間外。遭到拘束的六元鏡光，則跟怪物一起自爆。

「凱伊，怎麼了？」

「……不，沒事，總之先到外面吧。不用擔心我。」

一行人走向光芒照進的地方。

帶著數十名傭兵的獅子王巴爾蒙克也在那裡。

「你們幾個也平安無事嗎！所有人快跑！逃到外面——」

喀啦。

小石子掉在瓦礫上的聲音。

接著是詭異的呻吟聲。

像咆哮，又像嘲笑。奇怪的聲響響徹四方，貞德、蕾蓮、獅子王及傭兵們，同時瞪大眼睛。

……不會吧。

……那傢伙……不是被捲入六元鏡光的自爆當中了嗎…………

凱伊回過頭。

從墳墓正門射入的陽光，照亮通道底部的陰影處，在那裡蠢蠢欲動的生物顯露身姿。

——異形少女。

全身被燒爛，散布著詭異的體液，眼中的殺氣絲毫未減。

「徹頭徹尾的怪物！」

靈光騎士貞德吶喊道。

不是對怪物說的，而是為了鼓舞因從未見過的異形而心生恐懼的部下。

「凱伊，那傢伙追過來了！」

「……我知道。」

凱伊握緊世界座標之鑰。

不能讓那隻怪物靠近任何人。下場不是被無座標化消去存在，就是被竄改種族奪去生命，誕生異形。

這時。

「巴爾蒙克指揮官，裝填完畢！」

一名傭兵衝進墳墓入口。

「隨時可以開火！」

「各位趴下。看我賞這隻怪物一記特大號的！」

「——凱伊，鈴娜，趴下！」

什麼東西？

還沒理解狀況，凱伊就被推倒在地上。

凱伊被貞德，鈴娜則是被蕾蓮抱著摔倒在地。只有獅子王一個人氣勢洶洶地站著。

他伸手指向切除器官。

「感到榮幸吧，該死的怪物。這是本聯邦開發的對英雄決戰兵器。」

『？』

「生體燒滅砲，發射！」

獅子王的咆哮。

砲彈並非子彈的模樣。

——光線。

不是火焰，也不是子彈。

不斷反射及增幅，最後化為壓縮到極限的光線，射出無論是鋼鐵抑或岩石，都能將其斬斷的極度銳利雷射。

雷射貫穿墳墓的門，命中切除器官。

「什麼……！」

貞德及花琳讚嘆道。

從未見過。連強度驚人的墳墓牆壁都能切斷的光線，是烏爾札聯邦尚未研究出的成果。

……雷射刀？

……連人類庇護廳都沒開發出的兵器，他們竟然能直接拿到戰場上用了嗎！

連墳墓外牆都切得斷的破壞力。

見識到其威力的冰山一角，凱伊發現自己全身的汗毛都豎了起來。連在五種族大戰結束的正史世界，這樣的兵器都還停留在構思階段。

由於需要耗費龐大的預算及研究經費，實際上已經中止開發。

「不敢相信。人類的兵器竟有如此威力……！」

精靈巫女驚訝得啞口無言。

連蹲在旁邊的蕾蓮都目瞪口呆，盯著光線的痕跡看。

「一砲只能發射一次。缺點在於開火後砲臺會過熱，變得跟垃圾沒兩樣，不過威力各位也看見了。」

獅子王露出狂野的笑容。

「本來是用來對付聖靈族的兵器，但敵人是那種怪物，哪能捨不得用？」

「……令人吃驚。這也是巴爾蒙克閣下的指示嗎？」

「我只是下達製作許可罷了。貞德閣下，我們都擁有優秀的部下呢。好了各位，到外面去。遭到破壞的門不曉得什麼時候會崩塌。」

獅子王在門外向他們招手。

「小不點，快過來。」

「誰是小不點！汝沒看見老身正小心翼翼抱著這尊石像嗎？想要將這麼重的石像搬到外頭——」

『…………去哪裡？』

灰暗的迷宮深處傳來腳步聲。

那股怨念，充滿令聽者聞之喪膽的殺氣。

「什麼！」

陽光照亮了切除器官——

異形少女推開崩塌的瓦礫爬起身，巴爾蒙克這次嘶聲驚呼。

「砲擊無疑命中了。那傢伙原本就有受傷。居然還有呼吸嗎……！」

為何沒倒下？

為何還活著？

沒有原因。這隻怪物本來就是超越人智的存在。硬要說的話——

「那就是妳的執念嗎？」

「等等，凱伊！」

凱伊不顧鈴娜的制止，在黑色地板上全速飛奔。

夕陽照進墳墓內部——

被照亮的異形少女，全身已經潰爛到看不出原樣，冒著焦黑的煙霧。

——被捲入六元鏡光的自爆中。

——被悠倫人類反旗軍決戰兵器擊中，卻懷著在此之上的殺氣逼近。

還差一擊。

恐怕，還差一擊。再一擊就能擊潰這隻怪物。

不過。

在受到致命一擊前，她絕對不會倒下。這不叫執念還叫什麼？

「無論如何都不會放我們走。對吧？」

『————』

切除器官躍向上空。

舉起燒爛的全身中，唯一還跟白雪一樣白皙，毫髮無傷的巨大手臂。砸向凱伊腦袋。

凱伊也舉起世界座標之鑰應戰。

巨大手臂與劍尖。兩者產生衝突，發出巨響——並沒有。

「唔！」

『……世界座標之鑰。』

從裂開到臉頰的雙唇間傾洩而出的，是怨嘆。

異形少女用巨腕抓住凱伊舉起的劍刃，笑道：

『捕獲世界座標之鑰了！』

斬裂命運之劍。

切除器官憑藉強大的臂力將劍推回去，想奪走自己唯一害怕的這把劍。

『奪取，那把劍——』

「那是量產型。」

『！』

「看清楚妳手中的劍。」

泛用型強襲槍刀「亞龍爪」。

不是希德之劍。切除器官抓住的是一把黑劍。世界座標之鑰解除憑依狀態，變回外型單調又冰冷的劍。

異形少女緊抓著不放的刀刃。

刀尖炸開火花。

「——略式亞龍彈。」

零距離爆炸。

從亞龍爪的刀刃炸出的爆炸氣流灼燒切除器官，將她震得撞在通道的牆壁上。

但這樣無法打倒她。凱伊很清楚。這點程度的爆炸，幾百發都無法斷絕這隻怪物的執念。

「我要上了。」

凱伊提起亞龍爪狂奔。

撞到牆壁上，仍然站了起來的異形少女，已經站不穩了。也沒有像剛才那樣擋住刀刃的餘力。

「這次一定要結束這場戰鬥。做個了斷吧，怪物。」

『嘻。』

切除器官發出嘲笑聲。

墳墓地板亮起乳白色光芒，描繪出複雜怪奇的法術圓環。鈴娜一看到便嘶聲尖叫。

「陷阱！凱伊！不行，快停下！那傢伙在那裡設置了啟動型的法術（陷阱）！」

『再現禁咒．熾天假面。』

由黑色石材製成的地板，浮現純白的光環。

逐漸變化成詭異的天使臉孔。

……剛才那種法術的亞種？

……不是惡魔的臉，換成天使的臉了嗎！

蠻神族的法術？這次會是什麼樣的攻擊？鈴娜都大叫出來了，肯定是極度危險的法術。

「唔……！」

天使面容浮現。

凱伊驚險地在它的前方一步停下腳步。

「別怕。快跑！」

淡色的七彩薄衣，覆蓋住凱伊的左臂。

七姬守護陣——

「跳！」

在蕾蓮咆哮的驅使下，凱伊蹬地跳起。

他跳過浮上空中的天使臉孔。從正下方浮現的光襲向凱伊，企圖燒盡他的全身。

——那個法具沒有意義。

切除器官看穿了。

擁有精靈強大的法力，靈裝才有意義。

沒有法力的人類無法駕馭。就算人類以性命為代價啟動它，也不會有多少效果。防不住這道禁咒。

讓靈裝纏繞在凱伊的手臂上，僅僅是虛張聲勢。

『天罰之光！』

「消掉它！」

『————！』

這一刻，切除器官的笑容瞬間僵住。

纏繞在凱伊左手上的七件薄衣啟動了。描繪出美麗的軌跡散開，化為盾牌阻擋光的放射。

「沒有法力就無法啟動。汝是這樣想的嗎？」

凱伊跳過浮現天使臉孔的地板。

躍向毫無防備的切除器官頭上。

『————！』

「汝有點太小看蠻神族（咱們）了。」

精靈巫女。

她調製的靈藥本來會對人類造成過於強大的效果。除了驚人的奇效外，人類喝下去八成會伴隨強烈的副作用。

副作用之一——

蘊含精靈法力的靈藥，會讓人類暫時擁有法力。

……既然人類沒有法力，強制補足就行了。

……雖然是偶然的產物！

用來治癒左手傷勢的靈藥，為凱伊帶來強大的法力。因此，七姬守護陣啟動了。

「切除器官，妳知道正史的經過對吧？」

所以，她才會對世界座標之鑰抱持戒心。

反過來說，她也知道該害怕的只有那把劍。人類自不用說，連蠻神族的法具都不足為懼。

正因如此——

喝下精靈靈藥的人類，凌駕了她的預測。

因為正史絕不可能發生精靈為人類調製靈藥這種事。

人類的武技與蠻神族的智慧。

連曾經終結五種族大戰的希德，都沒能讓兩者統合。各種族同心協力，在歷史上應該是不可能發生的。

而在這個遭到覆寫的世界……

儘管只有短短一瞬間，知曉正史（希德）的少年，超越了正史（希德）——

真正該警戒的不是五英雄。也不是希德之劍。

異形怪物沒有意識到這一點。

「第二發。」

『————！』

亞龍爪噴出火焰，切除器官的身體再度撞在牆上。異形少女的後腦杓及背部受到衝擊，哀號出聲。

「剛才那發是我的份。然後這是——」

還在動。凱伊向眼中燃燒著熊熊殺氣的怪物邁出第二步。

這正是。

如假包換，斬斷切除器官執念的魂之一擊。

——蠻神族英雄（那傢伙）的份。

轟鳴。

儼然是爆碎系法術。

凱伊全力的一擊，這次澈底打倒了被固定在牆上的切除器官。

3

『…………——不可——希德——』

異形少女跌落在地面。

『——世界——』

直到最後，她都不肯放開的世界座標之鑰，鏘啷一聲掉到地上。

那具身軀當著凱伊的面逐漸倒下，化為如同玻璃粉末的透明粒子，像淡雪似的融解於陽光下。

「……打倒了……嗎？」

「但願如此。」

鈴娜提心吊膽地走過來，凱伊撿起地上的世界座標之鑰。

這時，後方傳來壯漢的腳步聲。

「我曾經以為全世界最噁心的生物，就是聖靈族。」

獅子王命令部下在外面待命，獨自走過來。

「不過，竟然存在如此駭人的異形。貞德閣下，這就是你說的怪物嗎？」

「是的。不是同一隻，但種族應該相同。」

貞德與花琳慎重地跟在後面。

面對方才切除器官被固定在其上的牆壁，兩人抿緊雙脣。

——空無一物。

彷彿夢醒之時。

那隻怪物曾經存在於此的證據，一個都沒留下。連獅子王都很難說服民眾相信吧。

「你的意思是，存在第六種種族？」

「這我就不清楚了。我認為他們的數量還沒多到能獨自分類成一個種族。我看過的只有攻擊主天的個體，以及這一隻。」

貞德的視線落在凱伊身上。

「凱伊看過第三隻是嗎？」

「嗯。我跟鈴娜都看過三隻，不過剩下的只有攻擊主天的那隻。另外兩隻照理說已經消滅了。」

第一隻——負責監視被囚禁的鈴娜。和攻擊主天的是同一隻。

第二隻——遭到冥帝的反擊，消滅。

第三隻——被凱伊打倒，消滅。

一開始的那一隻。
在那個異空間監視鈴娜的個體，確實還活著。
「話說回來，凱伊啊。怎麼沒看見那個英雄？」
蕾蓮放下主天的石像，環顧周遭。這應該是貞德、花琳，以及獅子王都很在意的事。
「瀰漫於空中的法力，感覺像有東西爆炸過。」
「…………」
「凱伊？」
「……那傢伙……想跟切除器官同歸於盡。」
只是要說出短短一句話。
為何自己如此難以擠出聲音？
她並非人類。
是人類之敵。仔細一想，其中一隻威脅消失，難道不是好消息嗎？
「她被切除器官抓到，沒辦法抵抗。也沒有力氣逃走……所以才出此下策。」
同歸於盡的招式。
那場爆炸讓切除器官陷入瀕死狀態。正因為她的動作變遲鈍，悠倫人類反旗軍的兵器才能直接命中。
「還有，蕾蓮。」

「何事？」

「石像（那東西），不是我搬到這裡的。是那傢伙（六元鏡光）的主意。雖然不是多重要的事，希望妳記住。」

「……此話當真？」

蕾蓮驚訝地望向後方。

蠻神族英雄的石像。儘管還無法斷定這是主天本人，切除器官確實不希望這尊石像被帶到外面。

「遺憾啊……」

獅子王巴爾蒙克低聲沉吟。

他瞇起眼睛，視線前方是黏在牆壁各處的黏稠生物殘骸。

「那傢伙（六元鏡光）是本聯邦最大的敵人。同時也是我不得不超越的最大目標。本來還想著總有一天，要親自跟她一決勝負……」

傭兵出身的指揮官閉上雙眼。

深深嘆息。

「沒想到那傢伙的遺言會是希望我們放下過去的仇恨，聯手對付幻獸族……既然如此，我能為她盡到的最後一點心力，就是代替她討伐幻獸族了。」

『鏡光什麼都不用做嗎？』

「沒錯。妳就在那個世界看我奮戰吧。」

『好。對了，「那個世界」是哪裡？』

「當然是——嗯？」

留鬍鬚的壯漢皺起眉頭。

「是錯覺嗎？我好像聽見六元鏡光的聲音，彷彿她復活了……」

『沒有復活。因為鏡光沒死。』

「嗯。那就沒問題了——————哪裡沒問題啊！」

獅子王急忙左顧右盼。

凱伊自不用說，鈴娜和貞德也清楚聽見她的聲音，聲音的主人卻遲遲不現身。

「嘖，給我出來！妳在哪裡！」

『這裡。』

「這裡是哪裡！」

放聲怒吼的巴爾蒙克後方。

一直在觀察情況的貞德，忽然輕輕跳起來。

「哇！」

少女的尖叫。

她似乎忘了自己正在女扮男裝，發出可愛的尖叫聲。

「怎、怎麼回事……咦？哇，花琳救我！鎧甲下有東西在動！」

「貞德大人！」

「啊啊討厭，到底是什麼！給我出來！」

貞德憤怒地宣言，與此同時，有個物體從鎧甲的縫隙掉出來。

深藍色的黏稠生物。有著少女的外型，大小卻能放在凱伊的手掌上。

「這……這是……」

『鏡光。看不出來？』

跟小鳥一樣小的六元鏡光，抬頭掃了排在面前的人類與精靈一眼。她的聲音似乎變得稚嫩了一些，這也是小型化的影響嗎？

……是說。

……這是真貨吧？毫無疑問。

「我問個奇怪的問題，妳不是死了嗎？」

『為什麼？』

「什麼為什麼……妳那樣自爆就是會讓人這麼覺得啊。正常來說，引發那麼劇烈的爆炸，不可能只有核心完好無傷吧。」

『核心壞了。』

聖靈族英雄乾脆地肯定。

凱伊一行人卻愈來愈疑惑。聖靈族的核心就類似人類的要害。無法再生，被破壞就會致死。

『但鏡光從來沒說過核心只有一個。只有一個，不過可以分裂。』

「哇！」

六元鏡光輕輕一躍，跳到靈光騎士肩上。

『跟牙皇拉蘇耶交戰時也一樣。讓他以為鏡光自爆了，趁機逃掉。這次鏡光判斷藏在這名人類身上最安全。』

「……妳什麼時候跑進我的鎧甲裡面的？」

貞德大概是恢復鎮定了，用與男聲相稱的態度詢問。

「在那個異空間中，只有我們先被傳送回來。之後應該一直是分頭行動……」

『所以，鏡光是在那瞬間讓核心分裂的。』

貞德、花琳、蕾蓮與獅子王被強制傳送出異空間。

凱伊及鈴娜則留在異空間。

六元鏡光同時存在於兩個地方。

『當時，鏡光無法確定留在異空間的生存率較高，還是回到墳墓。因此，鏡光判斷將身體一分為二才是正確答案。』

「好奸詐！」

『不奸詐。相對的，力量會減少。現在還變成這個樣子。』

六元鏡光坐在貞德肩上，嘆了口氣。

指向眼前的凱伊。

『所以，交給你了。』

「……交給我？什麼東西？」

『跟牙皇拉蘇耶戰鬥。』

聖靈族英雄如此斷言。

『因為讓主天復原的辦法，還有世界遭到竄改一事，那傢伙應該都知道。』

Epilogue

Chapter: 獸王

Phy Sew lu, ele tis Es feo r-delis uc l.

火口湖——

在遙遠的古代發生大規模的火山爆發，導致兩千公尺高的大火山消滅。位於地底的岩漿儲存處，則形成一座巨大的湖。

湖水被廣袤的原生林圍繞，顏色是藍得嚇人的深藍色。

湖畔鴉雀無聲，昆蟲壓低聲音，鳥兒們也停止鳴叫。因為獸王身在此地。

為了不妨礙王小憩片刻的靜寂——

「你們不懂啦。太安靜也睡不著。」

一隻獸人。

毛皮讓人聯想到烈火的獸人，仰躺在湖中央的浮島上忍住呵欠。

「不覺得嗎？」

下一刻——

原本毫無聲響的原生林，被鳥兒們的鳴叫聲淹沒。

「乖孩子。」

獸人咧嘴一笑，嘴角露出利牙。

幻獸族的英雄「牙皇」拉蘇耶——

「……奇怪。」

獸王翻了個身，瞇眼看著上空的太陽。即將登上天頂的太陽。

「世界座標之鑰照理說不存在於這邊的世界。還是說希德，你該不會瞞著我吧？」

與切除器官的通訊中斷了。

被打倒了？

如何打倒不滅的存在？

若是在跟墳墓互相連接的異空間「無座標界」內分出勝負的，只有世界座標之鑰能夠打倒她。

然而，拉蘇耶從希德口中聽見的情報裡，沒有世界座標之鑰的存在。

「雖然很多事搞不清楚……」

數秒後。

「哎，算了。直接問本人就好。」

獸王放棄思考。

正確地說，是放棄「猶豫」。順其自然就會明白。這麼早知道太無趣了。因為在一切宣布早已終結的這個世界，那是他僅存的珍貴樂趣。

「時間到。世界改變完畢。人類，真可惜啊？」

若是讓代替希德持有世界座標之鑰的人面對事實，他究竟會有什麼反應？

獸王期待無比。

「之後去看看其他希德的動靜好了。」

Continued

Chapter: 眾神的預言

Phy Sew lu, ele tis Es feo r-delis uc I.

1

伊歐聯邦──

位於世界大陸東部的這座聯邦，如今迎來短暫的休息。

為期一年的休戰協定。

人類不會踏進精靈森林，蠻神族也不會離開精靈森林。

「我忙得要命。」

伊歐人類反旗軍本部。

二樓的辦公室中，「皇帝」但丁隔著玻璃窗俯視下方。

「現在蠻神族（那些傢伙）不會發動攻勢，我可不打算貪圖安逸。我要在一年內提高人類反旗軍的整體戰力，著手培育士兵和開發武器。還有都市的要塞化。」

「…………」

「當然，也會繼續監視精靈森林。」

「…………」

「我想說的是，妳慢了一步。在妳悠哉跑來這裡前，這座聯邦就已簽下休戰協定了喔。」

但丁轉過身。

隔著圓桌站在他對面的，是個嬌小的人影。從頭到腳披著繡有金色刺繡的白斗篷的少女。

之所以能判斷她是少女，是從兜帽底下的臉部輪廓看出來的。

下巴到頸項之間的纖細線條，散發出男性所沒有的夢幻與嬌弱氣質。若要再補充一點，鮮豔的紅脣亦然。

「特蕾莎——」

「騙子。」

銀鈴般輕快的聲音，從名字被人呼喚的少女口中傳出。

「你明明說要打倒蠻神族。」

少女說的沒錯。

伊歐人類反旗軍的真正目的，是人類軍的完全勝利。他們深信燒燬精靈森林，將蠻神族趕出這座聯邦，才叫真正的勝利。

因此——

皇帝(但丁)花費龐大的資金，將這名少女從遠方叫來這裡。為了準備與蠻神族的最終決戰。

「是妳來得太晚。要恨就恨比妳早抵達，短短數日就締結了休戰協定的靈光騎士(貞德)。」

「…………」

「決戰延期一年。部下們也還在調養。即使我們立刻違背休戰協定，攻入敵陣，也沒有棋子可用。還是說——」

他的視線彷彿在試探她。

皇帝(但丁)用足以視為挑釁的語氣，對眼前的少女接著說道：

「妳要試著獨自挑戰蠻神族嗎？人類兵器特蕾莎啊。」

「……可以嗎？」

「我說笑的。不過無法見識妳的力量是否如傳聞所說，實在可惜。」

人類兵器。

擁有這個別名的少女，在世界四大聯邦之外的小國徘徊，受僱於各地的人類反旗軍。

「據說妳天生就會使用法術，我本來還想親眼判斷此事是否為真。」

「…………」

「妳的法術在西方國境附近擊落了空中的疾龍，這個傳聞是真的嗎？」

少女沒有回答。

她身為人類卻擁有強大的法力，故通稱「人類兵器」。會使用足以跟惡魔族匹敵的強大法術的奇蹟少女，早已聲名遠播。

不過，她真的是人類嗎？

皇帝（但丁）對此存疑。

她有可能跟指揮官輔佐裘比芮一樣，是由蠻神族喬裝而成。只不過若她是蠻神族，沒有當成法具的武器，應該無法將體內的法力釋放到外部才對。

「我要回去。」

「哦？」

「在這邊也沒事做。」

沒有戰鬥的機會，就沒有留在伊歐聯邦的意義。

「妳真的是人類嗎？」

少女拐了個彎這麼說，轉身想要離開。皇帝（但丁）對著那嬌小的背影——

壓低聲音詢問。

「妳究竟——」

「希德。」

「……希德？」

「你什麼都不知道呀。真可憐。」

穿斗篷的少女忽然停下腳步。

背對著他。

「要解放這個世界的人類的人，不是你。也不是那個叫靈光騎士的。是擁有希德之名的我。命運就是這麼決定的。」

特蕾莎・希德・菲克。

擁有希德之名的少女，用如歌般的語調宣言。

2

忘卻之地——

寸草不生的灼熱大沙漠。極寒之地的冰河。蘊含猛毒的溼地地帶。

廣大的世界大陸中，連四種族都置之不理的領域分散各地。

人稱無主地，「不屬於任何人」的地區。大多是惡劣到生物無法生存的環境，因此四種族也不會特別想去占領。

其中之一。

帶有鐵質的紅色沙漠地帶。

「報告，人類兵器（特蕾莎）有動靜了！聽說她率領部下，到了伊歐聯邦！」

「…………」

沙丘──

男子一語不發，坐在火紅的沙丘上。

於正午之時走在這片沙漠上，連野獸都會因為腳底遭到灼燒而忍不住哀叫。

而這名男子呢？

鍛鍊得強壯無比的肩膀及背部，已經在沙丘上坐了好幾個小時，承受從天而降的熱線。和沙地直接接觸的大腿，與坐在滾燙的鐵板上無異。等同於拷問。

男子卻不為所動。

「阿凱因大人！」

「……真意外。」

男子坐在地上，轉頭望向部下。

他擁有五官深邃的精悍面容，銳利的眉角。從口中傳出的聲音帶有威嚴感。

「特蕾莎嗎？她竟然答應了皇帝（但丁）的要求。我記得一年多前，獅子王也有委託她，想不到她選擇拒絕獅子王，前往伊歐。」

伊歐聯邦正在與蠻神族交戰。

悠倫聯邦正在與聖靈族交戰。

雙方應該都有拜託人類兵器特蕾莎前去助陣。他一直在監視她何時會行動。

萬萬沒想到她會前往伊歐聯邦。

「本以為那女人會去獅子王(巴爾蒙克)那邊，是因為她推測皇帝(但丁)比較好對付嗎？」

「您認為該如何是好？」

「我們的計畫不變。繼續朝西方聯邦前進。」

灼熱的大沙漠。

只要在這片「不屬於任何人」的大地中行軍，就不會遭到任何種族的妨礙。

當然，前提是要能平安穿越這片沙漠。

「……還是說……」

名為阿凱因的壯年魁梧男子，用身後的部下聽不見的音量喃喃說道。

彷彿在與某人交談。

「妳這樣的人也被逼急了嗎？那個名叫貞德的新星，接獲奧爾比亞預言神的神諭。是否該視為除了我和特蕾莎，還有其他適任者？」

靈光騎士貞德的傳聞。

北方的烏爾札聯邦有個優秀的指揮官。這個消息甚至傳到了邊境，不過真沒想到他在這麼短的時間內便展露頭角。

——於北方擊敗惡魔英雄。

——於東方要求跟蠻神族締結休戰協定，讓對方答應。

確實是驚人的功績。驚人，同時也很詭異。

異樣感。

烏爾札聯邦在惡魔族的支配下瀕臨壞滅。在這個狀況下一舉反敗為勝，未免太巧了。不可能全是出於指揮官的謀略。要不是收了相當優秀的部下，就是某種類似於此的外部要因。

例如——

那個奧爾比亞神教的預言神。

「靈光騎士貞德嗎？下一個目的地大概是西方聯邦。照這步調繼續前進，就會跟他碰頭。正好可以看看他有幾分能耐。」

男子站起身。

披風隨著他的動作掀起，露出掛在腰間的兩把大型手槍。

「不過運氣貞背。」

傭兵王阿凱因．希德．柯拉特拉爾。

擁有希德之名的男子緩緩抬頭仰望天空，接著在沙丘上邁步而出。

「命運已經決定好誰會站在新時代的舞臺上了。」

人類兵器特蕾莎・希德・菲克。

傭兵王阿凱因・希德・克拉特拉爾。

繼承理應不存在於這個世界上的先知希德之「名」的人們。

然而，兩人還不知道。

這個世界，還有一位繼承希德之「劍」的少年。

後記

神所告知的未來。道路的前方是？

預言——

和預測未來的「予言」不同，「預言」暗示著背後有給予神諭的神明存在。

這次是關於希德的預言。

從第一集鋪陳到現在的謎團解開了，與此同時又有新角色登上舞臺——希望這樣子的第三集能讓大家看得開心。

感謝各位購買《為何我的世界被遺忘了？》（簡稱《世界遺忘》）第三集。

終於進入本作的關鍵部分。

之前的謎團解開了一些，世界觀也拓展得更加宏大。

從這一集開始，每集都會有更加激烈壯闊的展開，若各位今後也願意期待本作的發展，我會很開心的。

然後有好消息通知各位。

本作同時決定遊戲化&漫畫化了！

遊戲化之後會有更多情報。請各位務必關注MF文庫J官網公告，以及細音的推特。

接著是漫畫化！

於月刊Comic Alive（二月二十七日發售）開始連載，所以這本第三集發售後，很外就能在雜誌上看見。還創下「兩話同時連載」的壯舉……嗯。我想現在負責作畫的ありかん老師應該忙得頭都快暈了吧。

只不過，漫畫版的作畫真的很厲害。世界輪迴的瞬間、後面惡魔登場的場景，都壯觀得讓人起雞皮疙瘩，請大家一定要拿起雜誌或單行本看看！

另外，小說第四集預計於六月二十五日左右發售。

接續在第三集之後，又是高潮迭起的展開，敬請期待。

在下一集發售前，若各位不嫌棄，請容細音在此介紹同時進行的其他作品。

●Fantasia文庫

《這是你與我的最後戰場，或是開創世界的聖戰》（簡稱《最後聖戰》）

在戰場兵刃相向的劍士與魔女公主的傳奇奇幻故事。

主角和女主角不僅是敵對關系，同時也是勁敵。兩人究竟會有什麼樣的進展——基本上就是如此特別的世界觀。目前第三集才剛上市，還正在再版！

今年春天會出第四集，請務必趁現在看看！

寫到這邊，篇幅也剩不多了。

這次也用美麗的插畫為本作增添色彩的neco老師，以及總是給予我各種建議的責編N。真的非常感謝。

最需要感謝的是願意拿起本作閱讀的各位讀者，細音在此致上深深的謝意。

但願——

能在今年春天發售的《最後聖戰》第四集。

以及六月發售的《世界遺忘》第四集跟各位見面。劇情也會變得更加緊湊，敬請期待！

於某個冬日的午後　細音 啓

https://twitter.com/sazanek　※我會在推特上公布新書上市的消息！

（註：以上時間皆為日本版狀況。）

NEXT

與逼近的幻獸族英雄拉蘇耶相遇，
以及突然出現在這個世界的
「兩位希德」之真實身分究竟是——？

為何我的世界被遺忘了？

Phy Sew lu, ele tis Es feo r-delis uc I.

神罰之獸

第4集敬請期待！

在流星雨中逝去的妳 1~3 待續

作者：松山剛　插畫：珈琲貴族

以「夢想」與「太空」為主題的感人巨作，
劇情發展出乎意料的第三集！

平野大地得知同班女同學宇野宙海的夢想是成為偶像明星。然而，他在未來看到宇野夢想破滅而挫敗——確定會失敗的夢想能叫作夢想嗎？另一方面，公寓上空出現無人機監視星乃。六星衛一再度伸出黑手；神祕的流星雨灑落在月見野市——

各 **NT$250/HK$83**

神童勇者的女僕都是漂亮大姊姊!? 1~2 待續

作者：望公太　插畫：ぴょん吉

曾是勇者的少年×四名關懷備至的大姊姊，
恩愛的同居生活威力升級的第二彈！

神童席恩依然過著常被四名女僕們捉弄卻安穩的日子。但某天聽說鎮上年輕男性失蹤事件頻傳，而且似乎和魅魔有關。席恩動身調查，卻要男扮女裝去參加武鬥大會，還一個不小心，報名到孩童組——最強神童少年和四名大姊姊，心跳加速同居生活第二彈！

各 **NT$200/HK$67**

三角的距離無限趨近零 1~3 待續

作者：岬鷺宮　插畫：Hiten

我愛上的那個女孩體內住著兩個靈魂——
與雙重人格少女譜出的三角戀愛故事。

春珂想改變我們之間的關係，而秋玻又心疼這樣的春珂，我只好以文化祭執行委員的身分展開行動，卻遇到造就了「過去的我」的庄司霧香。在熱鬧的文化祭背後，她狠狠揭穿了隱藏在我們的戀情中，而且是由我本人隱瞞的謊言。

各 **NT$220/HK$73**

理想的女兒是世界最強，你也願意寵愛嗎？ 1~2 待續

作者：三河ごーすと　插畫：茨乃

冬真所率領的祕密實力者集團「無名」，
即將展開肅清恐怖分子的行動！

白銀雪奈以最強S級身分進入「第一魔法騎士學園」就讀。其父親冬真，表面上是D級的專業主夫，實際上身為祕密特殊部隊的王牌，暗地裡維護世界和平。隨著失去朋友的雪奈希望加入學園最強的騎士團「天堂玫瑰」，兩人逐漸被捲入新的戰爭之中——！

各 **NT$220~240/HK$73~80**

口是心非的冰室同學 從好感度100%開始的毒舌女子追求法 1~4 待續

作者：広ノ祥人　插畫：うなさか

兩情相悅的對象VS命中注定的對象——
能夠和愛斗拉近距離的人是誰？

對於成功迴避「戀來祭」這個隱藏魔咒的愛斗，涼葉為了讓兩人邁向下一個階段，竭盡全身小小的勇氣，提出約定情侶關係的「戀約者」測驗。而且她心想「我也得為田島同學做些什麼才行」，決定為了愛斗展開傲嬌大作戰！

各 **NT$220/HK$68~73**

這是妳與我的最後戰場，或是開創世界的聖戰 1~4 待續

作者：細音 啓　插畫：猫鍋蒼

一年前「魔女逃獄事件」隱藏的陰謀終將揭曉——
劍士與魔女們的命運將激盪出更加劇烈的火花！

獲得了換上泳裝、準備享受夏日假期的大好機會，伊思卡卻因為與過去營救的魔女——皇廳第三公主希絲蓓爾重逢，使得情勢變得詭譎起來。希絲蓓爾看上了伊思卡，於是試著邀他入夥。愛麗絲莉潔得知妹妹正在調查伊思卡後，也前往了沙漠之中的綠洲都市。

各 NT$220~240/HK$73~80

躺著也中槍的異世界召喚記 1~3 待續

作者：結城ヒロ　插畫：hatsuko

在異世界實現充實又快樂的青春歲月！
用決心和信賴將「霸道」與「不公」全數奉還吧！

優斗、修、卓也與和泉等人因為一場車禍，被召喚到異世界。暑假結束後，學園生活再度展開，此時鄰國利斯特爾來了一名交換留學生，而且她竟是那位「暴走公主」！優斗等人被「暴走公主」弄得暈頭轉向，甚至莫名造訪利斯特爾，得知異世界新的面貌！

各 **NT$200/HK$65~67**

西野～校內地位最底層的異能世界最強少年～ 1～2 待續

作者：ぶんころり　插畫：またのんき▼

榮獲「這本輕小說真厲害2019」第6名！
凡庸臉與金髮蘿莉將聯手解決校慶騷動!!

西野成了竊取班上校慶營收的嫌疑犯。在惡意環伺之中，唯獨蘿絲始終以一貫的態度與西野來往。放棄在校內交到女友的西野只能請她介紹對象給自己。將蘿絲的真意與一連串霸凌引發的騷動之真相公諸於世的校慶騷動解決篇。

各 **NT$230~250/HK$77~83**

自稱F級的哥哥似乎要稱霸以遊戲分級的學園？ 1~4 待續

作者：三河ごーすと　插畫：ねこめたる

在這場賭上性命與名譽的遊戲最後，所有學生都將得知「最強」的真正含意——

碎城紅蓮隱瞞自己是地下世界最強男子的事實，就讀秉持行遊戲至上主義的學校——獅子王學園，他失去了與在這世上最重視的妹妹之間的接觸權利。為了奪回無可替代的牽絆，紅蓮與朝人彼此賭上不願退讓的事物，挑戰學園的頂點。

各 **NT$200~230/HK$67~75**

在大國開外掛，輕鬆征服異世界！ 1~3 待續

作者：櫂末高彰　插畫：三上ミカ

常信娶回「七勇神姬」當老婆，
接著卻得面臨女神的逼婚與大神的刁難……!?

慈愛女神——克歐蕾突然出現，逼迫常信和她結婚。此外，大陸的大神——澤巴為了見證常信與克歐蕾的婚姻，提出了考驗（無理的難題），但是……？帝國的數量戰術也能超越神！以人海戰術擊潰所有問題，爽快又痛快的奇幻故事開幕！

各 **NT$220/HK$68~73**

國家圖書館出版品預行編目資料

為何我的世界被遺忘了?. 3, 眾神之道 / 細音啓作 ; Runoka 譯 . -- 初版 . -- 臺北市 : 臺灣角川, 2020.08-
冊 ; 公分
譯自 : なぜ僕の世界を誰も覚えていないのか? . 3, 神々の道
ISBN 978-957-743-930-7(平裝)

861.57 109008336

Kadokawa
Fantastic
Novels

為何我的世界被遺忘了？ 3
眾神之道

（原著名：なぜ僕の世界を誰も覚えていないのか？3 神々の道）

2020年8月26日 初版第1刷發行
2024年7月3日 初版第2刷發行

作　　者：細音啓
插　　畫：neco
譯　　者：Runoka

發　行　人：台灣角川股份有限公司
總　　監：呂慧君
總　編　輯：蔡佩芬、朱哲成
主　　編：林秀儒
設計指導：陳晞叡
美術設計：李思穎
印　　務：李明修（主任）、張加恩（主任）、張凱棋、潘尚琪
發　行　所：台灣角川股份有限公司
地　　址：104台北市中山區松江路223號3樓
電　　話：（02）2515-3000
傳　　真：（02）2515-0033
網　　址：www.kadokawa.com.tw
劃撥帳戶：台灣角川股份有限公司
劃撥帳號：19487412
法律顧問：有澤法律事務所
製　　版：尚騰印刷事業有限公司
ＩＳＢＮ：978-957-743-930-7